民族正氣

浩然長存

觀自在菩薩行深般若波羅蜜多時照見五蘊皆空度一
切苦厄舍利子色不異空空不異色色即是空空即是色
受想行識亦復如是舍利子是諸法空相不生不滅不垢
不淨不增不減是故空中無色無受想行識無眼耳鼻舌
身意無色聲香味觸法無眼界乃至無意識界無無明亦
無無明盡乃至無老死亦無老死盡無苦集滅道無智亦
無得以無所得故菩提薩埵依般若波羅蜜多故心無罣
礙無罣礙故無有恐怖遠離顛倒夢想究竟涅槃三世諸
佛依般若波羅蜜多故得阿耨多羅三藐三菩提故知般
若波羅蜜多是大神呪是大明呪是無上呪是無等等呪
能除一切苦真實不虛故說般若波羅蜜多呪即說呪曰
揭諦揭諦 波羅揭諦 波羅僧揭諦 菩提婆婆訶

检点平生往日全非百事无聊计幼时孤露中年坎坷如今渐

老幻想俱抛半世生涯教书卖画不至间吹气食萧谁似我乎

有名无实饭桶朦包偶然弄些蹊跷像博学多闻见解超笑

左翻右找东拼西凑琐琐屑屑切切那样文章人会作惭愧

篇篇卖高侵此后定收摊歇业再不胡抄

旧作沁园春一首　一九七一年大暑阳书　元白启功

李白句——庐山东南五老峰 一九七七年作

庐山东南五老峰

青天削出金芙蓉

九江秀色可揽结

吾将此地巢云松

一九七七年夏日 启功

獨立寒秋湘江北去橘子洲頭看萬山紅
遍層林盡染漫江碧透百舸爭流鷹
擊長空魚翔淺底萬類霜天競自由悵
寥廓問蒼茫大地誰主沉浮攜來
百侶曾游憶往昔崢嶸歲月稠恰同學
少年風華正茂書生意氣揮斥方
遒指點江山激揚文字糞土當年萬
戶侯曾記否到中流擊水浪遏飛舟　啟功書

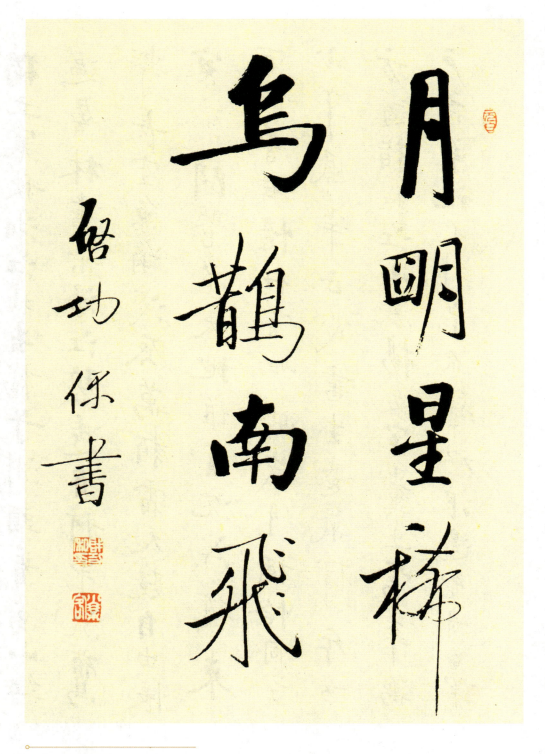

月明星稀　乌鹊南飞　一九八一年作

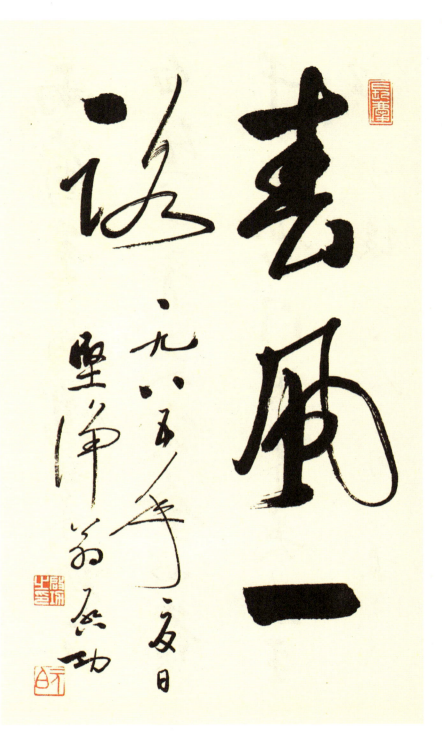

两个黄鹂鸣翠柳，
白鹭上青天窗含西岭
千秋雪门泊东吴万里
船少陵惊人之句余书之

一九八六年春日启功

寒雨連江夜入吴 平明送客
楚山孤 洛陽親友如相問 一片冰
心在玉壺 此龙標芙蓉楼送辛

此七字一高帖入雲芒所雕飾以传也

一九八六年秋日 啟功保书

天遠正難窮樓高
不堪倚醉夢入江南
楊花千萬里

宋人句一九八七年秋 啟功

戊辰岁首
试笔
启功时年
第七十七岁
矣

静觀

一九八八年初夏酷热少雨，书于墨池。得此二字，元白再识。

静观自得，入道之门。啟功书。

多福

己巳夏

心地久旱祷於墨地
启功

独坐幽篁里 弹琴
复长啸 深林人不知
明月来相照

辋川名句赏法友属 启功

辋川名句——独坐幽篁里　一九九三年作

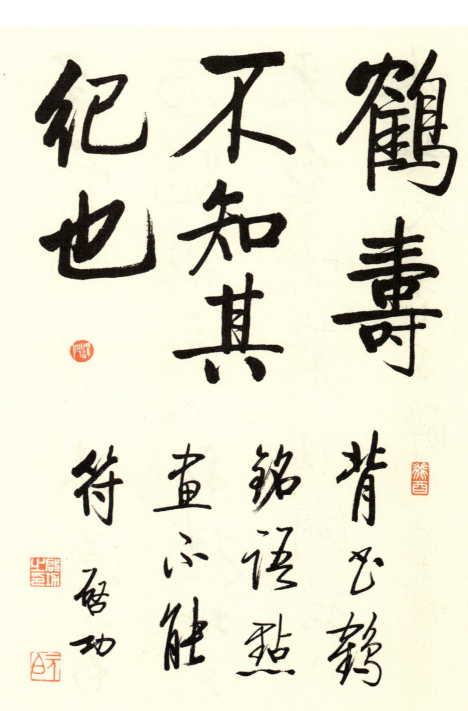

鶴壽不知其紀也

背飛鶴

銘語點

畫心�‍胜

符

啟功

黑云翻墨未遮山白
雨跳珠乱入私楼坤风
来忽吹散望湖楼六
水如天戊王醉莘

启功 著

三十讲 书法 启功

光明日报出版社

图书在版编目（CIP）数据

启功书法三十讲 / 启功著. -- 北京 ： 光明日报出
版社，2025. 4. -- ISBN 978-7-5194-8631-0

Ⅰ. I267

中国国家版本馆CIP数据核字第2025ZV6841号

启功书法三十讲

QIGONG SHUFA SAN SHI JIANG

著　　者：启　功	
责任编辑：徐　蔚	责任校对：孙　展
特约编辑：胡　峰	责任印制：曹　净
封面设计：李果果	

出版发行：光明日报出版社

地　　址：北京市西城区永安路 106 号，100050

电　　话：010–63169890（咨询），010–63131930（邮购）

传　　真：010–63131930

网　　址：http://book.gmw.cn

E – mail：gmrbcbs@gmw.cn

法律顾问：北京市兰台律师事务所龚柳方律师

印　　刷：天津裕同印刷有限公司

装　　订：天津裕同印刷有限公司

本书如有破损、缺页、装订错误，请与本社联系调换，电话：010–63131930

开　　本：170mm×240mm	印　　张：16
字　　数：180 千字	
版　　次：2025 年 4 月第 1 版	
印　　次：2025 年 4 月第 1 次印刷	
书　　号：ISBN 978-7-5194-8631-0	
定　　价：58.00 元	

目录

辑一

书虽小道，
亦需镇定

文字本是记录语言的符号，而我们祖国先民，对于生活上这一细节，不但未曾忽略，而且力求它美化。于是四千多年来，文字的写法，一直地被人重视、讲求，而成为一种自成体系的民族艺术。

今天虽然印刷技术发展，但是手写文字，仍是我们日常生活中必不可少的一个部分。特别是我们身为人民教师的人，字写得正确美观，和正确使用祖国语言一样，都成为教育工作中的一个重要环节。

常有人问道："写字应注意哪些事？怎样才能写好？"这个问题中，又有一些分别，即是初学的人和已有基础的人，应注意的事略有不同。现在只从初学书法的角度，简单地谈谈我个人的体会。

（一）关于笔顺：汉字结构，不论繁体或简体，每字的笔画次序，绝大多数是有一定先后的。因为先后次序乃是客观需要所造成，按它写去，便可以顺利美观，不按它写，不但不易顺利美观，而且还会出现"步伐紊乱"的毛病。笔顺次序，虽然每字各有不同，但简单地归纳起来，除了"丿"（撇）和一少部分向左的"勾"以外，其余笔画都是先左后右、先上后下的。

（二）关于结构：元代赵孟頫说："书法以用笔为上，而结字亦须用功。"我认为他恰恰说反了。一个字如果只有一笔一画的轻重姿态美观，而全字的结构（也就是笔画的布局）毫不合理，这个字恐怕会只见其丑的。结构合适了，无论用毛笔、用钢笔，以至用铅笔，都会写得很美观。

结构要求什么？首先是要比较匀称，每个字不外乎几个组成部分，要使它互相称合，不出现特别偏轻偏重的现象。例如"例"字，是"亻、歹、刂"三部分，最好各给它差不多的地盘。"如"字是"女、口"两部分，假如在一格里中分一直线，"女"占线左、"口"占线右（上下分部的，也以此类推）。还要略为注意一部分中笔画数量多少，数多的，应该使它比较略微地多占一些地盘。像"例"字中的"歹"、"如"字中的"女"，比"亻、刂""口"如果略大一些也还不难看，但不可小于它旁边的任何一部分。其次是笔画与笔画之间，空白要比较匀称。例如"日"字"目"字中间的空白小方格，如果一个特大，另外的特小，便不成字。其次是有聚散，每一字靠中心的部分，最要条理分明，例如"字"字，"子"的"一"和"了"，可以延长，但"子"的头部和"宀"接近的部分，空白必要摆得匀称。譬如一个人的胸腔不能弯曲过大，而四肢则可以如意伸缩。

（**三**）**关于用笔：**用笔毫无什么秘密，执笔的最主要条件，是不可用力过大，掌心地方攥得太死。因为这样便会妨碍笔画的运转自如。也不可用指头拈转笔管，因为那样有时会失手掉下笔来。只要平平正正地写去，日久熟习，自然会生出巧妙。

古代各种风格流派，例如欧体较方、颜体较圆，这都是写者个人体力、性格、习惯的反映，并不是必须按照哪一样写才算合格。特别在初学的人，先要理解他们结构安排的关系，不须要先求方圆肥瘦的相似。这譬如建筑房屋，梁柱基石等全立得整齐，在力学上都合乎规格，再考虑油饰彩画，也并不迟，如果把应缓应急的事弄颠倒了，这房屋的后果也不问可知了。

有人常提写毛笔字怎样"入笔"、怎样"收笔"，即在刚刚下笔处，和末后住笔处，怎么转折顿挫，这对于已有基础的人来说，不妨进一步讲求，但对初学来说，能略知道有那么一种姿态就够了，因为只要先能把结构搭好，笔画能够"横平竖直"，没有病态的疙瘩了，即会得到很好的效果。再进步，笔画略有轻重姿态，便会更加美观的。

（四）关于选帖：写字最好常看好字，古代有人说"临帖不如读帖"，即是说机械的模仿不如了解它的道理（当然只看不写也不成功）。

常有人问写什么帖好，这并没有一定，只在现在新印通行的几种著名的字帖里，如景山学校所印的欧体、颜体、柳体三本字帖，把笔画相近的字分了类，学起来较为方便。随自己的爱好选择一种写写，都不会错。重要的是最好先学楷字，不可先学行草。因为写熟了自然而出的"连笔"，必然美观，如果一起始便想追求"率""带劲"，那便不是真"率"，而是"草率""轻率"，不能"带劲"，反而"软弱"了。

至于毛笔字的帖，用钢笔是否可以学？回答是"可以"。因为毛笔的顿挫肥瘦，固然钢笔写不出来，但是它的结构安排，却并不因工具不同而有大的差异。小字的帖，可以放大来写，大字的帖，也可以缩小来写。

（五）关于练习：练习写字，并不必一定要选择什么样的好笔、好纸、好墨……许多作废的纸张，都可用毛笔在上边练字，把红、蓝墨水兑上些水，也可以代替研墨和墨汁（当然有研墨和墨汁也不妨用）。钢笔、铅笔以至粉笔更方便了，在抄笔记、写作文、写信、写便条、写黑板时，凡一下笔，便注意想想字帖的风味，有意识地把字写得好一些，"此即是学"，便能很快见到效果，更不用说正式地临帖习字了。如果不信，请试试看！

芳草西池路
紫荆三四家
忆曾骑款段
随意入桃花

宋人纨扇 启功临

▲ 临宋人纨扇　墨笔纸本

（一）入门与须知

不管从事什么工作，都须先对它有一个正确的认识，学习书法、欣赏书法当然也如此，这似乎是一个无须多言的话题。但问题是：这里面有许多看似简单的问题实际并不简单，看似不成为问题，实则大有问题。特别是有些"理论""观点"是自古传下来的，有很多还是出于权威的书法家、书法理论家之口，看似金科玉律，颇能唬人，其实大谬不然，必须正名。否则必将被这些貌似权威的理论所欺，走入歧途。

1. 书法的特点和特殊功能

这里所说的书法指汉字书法。字是记录语言的，而汉字又是由象形等的方块字组成的，较之其他文字最具有图画性，因而它才能形成所谓书法这一门艺术。作为文字，它有它基本的功能，即以书面的符号形式把语言词汇记录下来给人看。这时文字就代表了语言，书面的功能就代表了口头的功能。比如在古代，你要与远方的朋友交流，就不能靠语言，因为他听不到，所以只能通过写信靠文字传达。又比如古人要与后人交流，也不能靠语言，因为它不能保留，所以也只能把它们转变为能长期保留的文字符号。这是文字的一般功能和普通功能。

但文字，特别是汉字还有它的特殊功能，即它能非常鲜明地反映书写者的个性。比如某甲所写的字就代表了某甲的个性、具备某甲的特点，而某乙所写的字就代表了某乙的个性、具备某乙的特点。二者绝不会混同，即使互相仿效也绝不会完全相同。比如某乙学某甲的签名，虽然写的同是一个"甲"字，但写出来的效果总与某甲写的"甲"字不同。这是为什么呢？因为文字只要是由人拿起笔写出来的，而不是由统一的机器印出来的，它就必然带有人的个性。人与人手上的习惯、特点总不会完全相同。比如结字、笔画，以至用笔的力度等都会有所不同，再刻意地模仿也总会露出破绽，不会完全一样。正像哲学家所说的，世界上没有绝对相同的两片树叶；刑侦学家所说的，世界上没有绝对相同的两个指纹。所以用文字来签字、签押、押属才会有法律效用。文字如果没有这种功能，银行绝不会凭签字让你领钱。否则，那岂不是乱了套吗？当然，不认真判别，有时确能蒙蔽某些人，但这不是文字本身所具有的不可混淆的个性出了问题，而是辨别文字时出了问题，其实只要认真辨别总会发现它们之间的差别。五十年代有人妄图冒充某领导人的签名到银行支取巨额现金，最终还是没能得逞，就是一个很好的例证。同样，契约、合同也都需签字后才会在法律上生效，也是基于书写的这种特殊功能。更有趣的是，对不会写字的文盲，照样可以让他们签字画押，名字不会写，就让他们画"十"字，比如连当事人、经办人、保人一共有好几个，但最后画出的那些"十"字没有一个相同。"十"字尚且如此，何况较之更复杂的文字了？所以从这个意义上说，汉字所具有的这种独特的个性尤为鲜明。

明乎此，就可以明白临帖时可能出现的一系列问题，临帖的人如此，教人临帖的亦如此。其主要表现有三：

一是常有人失望地问我："我临帖为什么总临不像？"我总这样回答他："这就对了。不但现在像不了，再练一辈子也像不了。不像才是正常的；全像了，不但不可能，而且就不正常了，银行该不答应了。你大可不必为临得不像而失去临帖的信心。"这绝不是安慰之语，更不是搪塞之语。试想，为什么自古以来书法流派那么多？字的不同写法那么多？同一个"天"字能写出那么多样？为什么一看便知这是这个书法家所写，那是那个书法家所写？为什么不会把某乙有意师法某甲的作品就误作为某甲的作品？其根本的原因就在于每个书法家手下都有自己独特的习惯和个性。这些个性是永远不能划一的，正所谓"性相近，习相远"也，这样的例子非常多。

如苏东坡的弟弟苏辙苏子由，及东坡的儿子都有几件书法作品流传下来，我们看他们的作品，虽与东坡的有若干相近之处，但总是有明显的不同。又如米友仁，不但是著名的书法家，而且是著名的鉴定家，宋高宗特意让他来鉴定秘阁所藏的法书，鉴定后都要在作品的后面留下正式的评语，足见其有极高的鉴赏能力，对书法流派烂熟于胸。但他写字也未完全继承其父米元章的风格，明眼人一看便知米元章就是米元章，米友仁就是米友仁。这正应了曹丕《典论·论文》中的那句话："虽在父兄，不能以移子弟。"因为每个人写文章的观点和构思都不一样，兄弟父子之间都很难完全传授。写字尤其如此。文章有时还可以偷偷地抄袭一番，但字却无法抄袭，因为抄也抄不像。既然高明的古人想"移"都移不了，我们就大可不必为临得不像而苦恼了。当然对老师责怪你临得不像，你也大可不必放在心上。

二是有人常懊悔地对我说："我写字没有幼功。"这就涉及如何对待教小孩子学习书法的问题了。有的人索性认为小孩子根本不必临帖。说这种话的人都是自己已经临过帖了，他已经知道帖上的笔画是如何安排的了，所以他才觉得再没必要了。但对小孩子却不然。比如你告诉他"人"字是一撇一捺，但他不看帖就可能写成同是一撇一捺组成的"八"字、"入"字、"又"字。所以必须让他看看字样，这就是临帖。临帖的目的并不是让他从此一辈子练那些永远模仿不像的前人的字形字体，也不是让他通过这种办法将来当书法家，而是让他熟悉字的基本结构、笔顺等。如写"三"要先写上面一横，再写中间一横，最后写下面一横；写"川"先写左面的一撇，再写中间的一竖，最后写右面的一竖。让他养成正确的习惯，写得顺手，写得容易。这对刚刚接触汉字的小孩子是必要的。我小时常遇到因写字不对而遭到老师惩罚的时候，惩罚的办法就是每字罚写几十遍，其实老师的目的不在这几十遍，而是让你通过反复的练习去记住它应该怎样写。

于是又有些人认为习字必须从小时开始，进而认为必须天天苦练，打下"幼功"才行，这又是一种极端的认识。写字不同于练杂技和练武术。杂技与武术确实需要有"幼功"，因为有些动作只能从小练起，大了现学根本做不出来。但书法不是这么回事，什么时候开始拿起笔练字都可以，不会因为你没有"幼功"，到大了手腕僵得连笔都拿不起来。不但不需"幼功"，我认为小孩子没有必要花过多的时间去临帖、练字。因为一来如前所云，帖是一辈子也临不像的，在这上面花死功夫，非要求像是没必要的。二来书法既然是艺术，就要对它的艺术美有所体悟才行，而这种体悟是需要随年龄的增加、随见识的增广来培养的。小孩子连字还认不全，基本结构还弄不太清，他是很难体会诸如风格特点这些更深层次的内涵的。如果再赶上教小孩子"幼功"的是一位庸师，那就更麻烦了，那还不如没有"幼功"。

三是随之而来的问题是应该用什么帖。这里面又有很多误解需要辨明澄清。有人说临帖必须先临谁，后临谁，比如先临柳公权，再临颜真卿，对这种说法我实在不敢苟同。因为所谓"帖"，不过就是写得准确、好看的字样子而已。只要它能达到这样的效果即可，不在于笔画的姿势、特点。尤其是对小孩子更是如此，只要求其大致准确即可。相反，如果非执著学某一家，反而容易学偏。有人学柳公权，非要在笔画的拐弯处带出一个疙瘩，学颜真卿非要在捺脚处带出虚尖。出不来这样的效果怎么办？就只好在拐弯处使劲地按、使劲地揉，写出来好像是"拐棒儿骨"；在捺脚处后添上虚尖，好像是"三尾蛐蛐"。殊不知柳公权、颜真卿这样的效果是和他们当时用的笔有关系，后人不知，强求其似，岂不可笑？

还有人认为要按照字体产生的次序练字，先学篆书，篆书学好后再学隶书，隶书学好后再学楷书（实际应叫真书，所谓"楷"本指工整，后来习惯用来代指真书），楷书学好了再学行书，行书学好了再学草书。这更是谬说。照这样说，古人在文字产生以前靠结绳记事，难道我们在练字之前先要练好结绳才行吗？再说什么叫学好了？标准是什么？这和一年级上完了再上二年级是两码事。以篆书为例，它又分大篆、小篆、古篆等，有人写一辈子篆书，如清代的邓石如，更何况有些人写一辈子也未见能写好一种字体，照这样推算，什么时候才能写上隶书和楷书？其实，在隶书之后，唐代的颜、柳那类楷书之前，已经有了草书。汉代与隶书并行的就有草书（章草），后来在真书、行书的基础上才有了今草。古人并没有这样教条，可现在有些人却如此教条，岂不愚蠢？总而言之，字体的发展次序与我们练字的次序没有必然的联系。

还有人更绝对地认为临帖只能临某一派，并说某派是创新，某派是保守，只能学这一派而不能学那一派，学那一派就会把手学坏了。难道不学那一派就能把手学好了吗？这样只能增加无谓的门户观。须知，临帖只是一种入门的路径，无须为它成为某派的信徒。你的风格喜好接近哪一派，你就可以临摹学习哪一派，如此而已，岂有他哉？千万不要受这些所谓"理论"的摆布。

2. 关于写字时用笔的方法

其实写字的"方法"并没什么一定之规，没什么神秘可言，不过就是用手拿住笔在纸上写而已。其实往什么上写都可以，比如移树，人们习惯在树干朝南的方向写一个"南"字，以便确定它移栽后的朝向；又比如盖房，人们习惯在房檩上写上"左""右"，以便确定它上梁后的位置。不用"毛笔"写也可以，只要用一个工具把字写在一个东西上都叫写字。所以一定不要把写字看得太神秘。当然要把字写好也要有一定的技巧。元代大书法家赵孟頫曾说："书法以用笔为上，而结字亦须用功。"玩其口气，他虽然二者并提，但是把用笔的技巧放在第一位，而把结字的艺术放在第二位。这种排列是否恰当，这里暂且不谈，先谈一谈所谓的"用笔"，因为有些人一把用笔看得太高，就产生种种误解，种种猜测，以此教人就会谬种流传，贻害无穷。

第一，关于握笔的手势。

现在我们用毛笔写字的握笔方法一般是食指、中指在外，拇指在里，无名指在里，用它的外侧轻轻托住笔管。但要注意这种握笔方法是以坐在高桌前、将纸铺在水平桌面之上为前提的。古人，特别是宋以前，在没有高桌、席地而坐（跪）写字时，他们采用的是"三指握管法"。何谓"三指握管法"？古人虽没有为我们特意留下清晰的图例，但我们还是可以根据一些图画资料推测出来：原来"三指握管法"是特指席地而坐时书写的方法。古人席地而坐时，左手执卷，右手执笔，卷是朝斜上方倾斜的，笔也向斜上方倾斜，这样卷与笔恰好成垂直状态。此时握笔最省事、最自然，也是最实用的方法就是用拇指和食指从里外分别握住笔管，再用中指托住笔管，无名指和小指则仅向掌心弯曲而已，并不起握管的作用，这就是所谓的"三指握管法"，与今日我们握钢笔、铅笔的方法一样。这样的图画资料可见于宋人画的《北齐校书图》（现藏美国波士顿博物馆），画面上有校书者执笔的形象，即如此。另外，敦煌壁画上也有类似的形象。日本学者根据敦煌壁画所著的《敦煌画之研究》就影印出敦煌画上一只手握笔的形象。现在有些日本人坐（跪）在席上写字仍如此，我亲眼看到著名的书法家伊藤东海就是这样握笔，与唐宋古画上一样。

但有些人不知道这种握笔方法的前提是席地而坐，左手执卷。在宋初高桌出现以后，在高桌上书写时，纸和笔本身已经成为垂直的角度，所以这时握笔最自然的方法就是本节一开始所说的方法。如果仍坚持这种"三指握管法"，反而不利于保持这种垂直的角度，这只要看一看现在拿钢笔和铅笔的姿势都是与纸面成斜角就能明白。为了使这种握笔的姿势与纸保持垂直，就只好凭想象、凭推测，把中指也放在外面，死板地用拇指、食指、中指的三个指尖握笔。并巧立名目地把三指往掌心收，使其与掌心形成圆形称为"龙睛法"，把三指伸开，使其与掌心成扁形称为"凤眼法"，十分荒唐可笑。最可笑的是包世臣《艺舟双楫》所记的刘墉写字的情景：刘墉为了在外人面前表示自己有古法，故意用"龙睛法"唬人，还要不断地转动笔管。以致把笔头都转掉了。刘墉的书法看起来非常拘谨，大概"龙睛法"握笔在其中作祟是重要的原因之一吧。

第二，关于握笔的力量。

由握笔的姿势又引出一个相应的问题，即握笔需要多大的力量。这里又有误解。有人以为越用力越好，还有根有据地引用这样的故事：说王羲之看儿子（王献之）在写字，便在后面突然抽他的笔，结果没抽下来，便大大称赞之。孙过庭的《书谱》就有这样的记载。包世臣据此还在《艺舟双楫》中提出"指实掌虚"的说法。这种说法本不错，但也要正确理解，指不实怎么握笔呢？特别是这个"掌虚"，本指无名指和小指不要太往掌心扣，否则字的右下部分写起来很容易局促，比如宋高宗赵构的字就是如此，他的字右下角都往里缩，就是因为这造成的。但因此又造成误解，有人说掌应虚到什么程度才算够呢？要能放下一个鸡蛋。"指"要"实"到什么程度呢？包世臣说要恨不得"握碎此管"才行。这又无异于笑谈。其实王献之的笔没被抽出，是小孩子伶俐和专心的结果，有的人就误认为要用力，而且力量越大越好。对此，苏东坡有一段妙谈，他说："献之少时学书，逸少（王羲之）从后取其笔而不可，知其长大必能名世。仆以为不然。知书不在于笔牢，浩然听笔之所之而不失法度，乃为得之。然逸少重其不可取者，独以其小儿子用意精至，猝然掩之，而意未始不在笔，不然，则是天下有力者莫不能书也。"苏轼的见解可谓精辟之至。

第三，关于悬腕。

有些古人的字，尽管笔画看起来不太稳，但并不影响它的匀称灵活，其原因就是笔尖和纸是保持垂直的，不管是古人席地而坐的"三指握管法"，还是后来有如现在的握笔法。否则，把笔尖侧躺向纸，写出的笔画必定是一面光而齐，一面麻而毛，或者一面湿润，一面干燥，不会匀称。古人有"屋漏痕""折钗股"（有人称"股钗脚"）之说，"屋漏痕"说的是笔画要如屋漏时留在墙上的痕迹那样自然圆润，"折钗股"虽不知具体所指（大约指钗用的时间长了，钗脚的虚尖被磨得圆滑了），但意思也是如此。为了达到这个目的，于是有人就特意强调写字要悬腕，并认为此也是古法。殊不知，在没有高桌之前，古人席地而坐，直接用右手往左手所持的卷上书写，右手本无桌面可倚，当然要悬腕，想不悬腕也不行。但在有了高桌之后，情形就不同了。不可否认，悬腕运起笔来当然活，但也带来相应的问题，就是不稳、易颤，因此要区别对待。在写小一点字的时候，本可以轻轻地用腕子倚着桌面，只要不死贴在上面即可。写大字时自然要把腕子离开桌面，不离开笔画就延伸不了那么远，特别是字的右下角部分简直就无法写，所以死贴在桌上当然不行。但也无须刻意地去悬腕，这样只能使肩臂发僵，更没必要想着这可是"古法"，必须遵从。一切以自然舒服为准则，能将笔随意方便地运用开即可，即使用枕腕法——将左手轻轻地垫在右腕之下也无不可。

还有人在悬腕的同时特别讲究"提按"。这也是由不理解古人是席地书写而产生的误解。古人席地书写，用笔自然有提按，但改为高桌书写之后情况又有所不同。很多人不把提按当成是一种自然的力量，而当成有意为之的手法，这就错了，反正我个人有这样的体会：如果想我这回要"提按"了，这字写得一定不自然。

所以顺其自然是根本原则，古代的大书法家并没有我们今天这么多的清规戒律，并不像我们今天这样机械死板地非要悬腕，非要提按，都是根据个人的习惯而来。比如苏东坡就明确地说过自己写字并不悬腕，所以他的字显得非常凝重稳健，字形比较扁；而黄庭坚就喜欢悬腕，所以他的字显得很奔放，撇、捺都很长。苏黄二人曾互相谐讽，黄讥苏书为"石压蛤蟆"，苏讥黄书为"枯梢挂蛇"，但这都不妨碍他们成为大书法家。

与此相关，宋人还有这样一种说法，叫"题壁"，比如大书法家米元章就主张练字要采取题写墙壁的方法，认为这样可以练习悬腕的功夫。其实，古人席地执卷书写就类似题壁。只不过题壁的"壁"是垂直的，古人左手所执之卷是斜的，右手所执之笔也是斜的，而斜笔与斜卷之间又恰成垂直的，这种垂直是很自然的，便于书写，即使写很长的竖亦便于掌握；而题壁时，笔要与墙垂直，腕子就要翘起，难免僵直。特别是写长竖时，笔就有要离开墙壁的感觉。所以这种练习方法也有问题，它带给人的感觉与古人席地而坐的悬腕终究不太一样。看来到了米元章时代，已经对唐和唐以前人如何写字不甚了了，甚至有些误解了。米元章的字有时给人以上边重、下边轻的感觉，如竖钩在写到钩时就变细了，这可能与他平日的这种练习方法有关。

总之，千万不要像包世臣在《艺舟双楫》中所记的王鸿绪那样，为了悬腕，特意从房梁上系下一个绳套，把腕子伸到套里边吊起，腕子倒是悬起来了，但又被绳子限制在另一个平面上，不能随意上下提按了，这岂不等于不悬？这种对古人习惯的误解，只能徒为笑谈。

我在《论书札记》中有一小段文，可作这一观点的总结：

古人席地而坐，左执纸卷，右操笔管，肘与腕俱无着处。故笔在空中，可作六面行动，即前后左右，以及提按也。逮宋世既有高桌椅，肘腕贴案，不复空灵，乃有悬肘悬腕之说。肘腕平悬，则肩臂俱僵矣。如知此理，纵自贴案，而指腕不死，亦足得佳书。

第四，关于"回腕"和"平腕"。

由悬腕又引出"回腕"和"平腕"。有些人不但强调悬腕，还强调"回腕"，且又错误地理解回腕。其实回腕是为了强调腕子的回转灵活，古人在席地而坐书写时，由于自然悬腕，所以腕子可以自然回转，有如我们现在炒菜，手都是自然离开锅台，所以手可以随意来回扒拉，这就是回腕。但坐在高桌椅上之后，有些人不理解回腕的真正含义，就望文生义地把"回"理解为尽量把手指往里收，笔往怀里卷，腕子往外拱。何绍基在他的书中还特意画出这样一幅示意图。试想，这样死板拘谨地握笔还能写出好字吗？如果和所谓的"龙睛法""凤眼法"并列，我可以给它起一个雅号，叫"猪蹄法"。

还有人强调要"平腕"。古人席地而坐书写，当然只能悬腕，而谈不到"平腕"，改在高桌椅上书写后，有人不但坚持要悬腕，而且还要把腕子悬平。这显然是违反常态的。按现在正确的握笔方法，腕子是不可能平的，要想平，只能把肩臂生硬地端起来。有人教人写字，要用手摸人的腕子平不平，更有甚者，训练学生要在腕子上放一杯水，真是迂腐得可笑。试想，让人手作"龙睛法"或"凤眼法"，掌中还要握一个鸡蛋；腕作"猪蹄法"，还要翻平，上放一杯水，这是写字乎？还是练杂技乎？

随之而来的是如何正确理解所谓的"八面玲珑"和"笔笔中锋"。古人席地而坐时书写都是自然地悬腕，写出的字不会出现一面光溜，一面干的现象，自然是八面玲珑。到了后来米元章仍强调写字要"八面玲珑"。古人所说的"八面"本指东、西、南、北、东南、东北、西南、西北，米元章这里是借以形容要笔笔流转。米元章的字也确实有这一特点，如他的《秋深帖》"秋深不审气力复何如也"十字，一气呵成，真可谓"八面玲珑"。他还曾临过王羲之的七种帖，宋高宗曾让米元章的儿子米友仁为此作跋。米友仁跋中称赞的"此字有云烟卷舒翔动之气"，亦是从这种观点立论，而他的这些临本确实比一般的刻本自然流畅。能达到这种效果是因为他能把笔悬起来灵活自如地使用，如果腕子死贴在桌面上自然不会有这样的效果。要只注意悬腕，写起来灵活倒是灵活了，但掌握不好字体的美观也不行。

还有人认为要想达到"八面玲珑"的效果，就要"笔笔中锋"，这又是一种误解。只要笔画有肥有瘦，就绝不可能是纯中锋，瘦处是将笔提起来，只将笔的主毫着纸，这才叫"中锋"；但只要有肥处，就说明在按笔时，主毫旁边的副毫落在纸上了。如果要笔笔中锋，就只能画细道，打乌丝格，就不成为字了。这和刻字一样，如果只拿刀刃正面刻，就只能刻细道，要想刻出粗道，只能用双刀法。我曾看过齐白石刻字，他就是斜着一刀下去，结果是一面平，一面麻，但他名气大，可以不管这一套。因此，对中锋的正确理解是笔拿得正，不要让它侧躺，出现一面光、一面麻的现象，而不是只用笔尖。但由此又生出误解。当年唐穆宗问柳公权怎样才能笔正，柳公权说"心正才能笔正"，这其实只是对唐穆宗心不要邪的一种变相劝告，有人拿它大做文章就未免迂腐了。文天祥心最正，字未见有多好；严嵩心最不正，字不是写得也很好吗？

3. 关于书写的工具

书写的主要工具不外乎笔、墨、纸、砚，即所谓的文房四宝。这其中最主要的当然是笔。

从出土文物中可知，笔产生的年代相当久远。笔一般都用动物毫（毛）制成，诸如兔毫，白居易有《紫毫笔》诗，描写的就是兔子毛制成的毛笔，因此这种笔又称紫毫笔；还有狼毫，这里所说的狼毫指的是黄鼠狼（学名黄鼬）尾上的毛；还有鼠须及鸡毫；最常见的是羊毫。还有兼毫，如七紫三羊、五紫五羊、三紫七羊等，书写者可以根据自己的喜欢来选择。另外还有用特殊材料制成的笔，如茅草和麻等。也有在羊毫中加麻（蕉麻）的，称"笔衬"，可以使笔更加挺括。总之，这里面的讲究很多，但好的笔工往往秘而不宣。如果写特别大的字，大到用现在的抓笔都写不了，那也不妨用布团蘸墨写，写完之后再用笔描一描即可。对笔的选择完全要看个人的喜好和需要，什么顺手就用什么。苏东坡有一句名言，使人不觉得手中有笔，就是最好的笔。比如我写小字喜欢用硬一点的狼毫，写大字喜欢用软一点的羊毫。我有一段时间喜欢用衡水出产的麻制笔，才七分钱一支，也很好使。用什么笔和学习书法的过程没什么关系，与书法造诣的水平更没什么关系。对此也有误会，比如褚遂良曾说"善书者不择笔"，于是有人就说不能挑笔，一挑笔就是水平低。这毫无道理，不同的习惯，不同的手感当然可以选择不同的笔。又说某某能写纯羊毫，就好像多了不起；又说苏东坡的《寒食帖》是用鸡毫写的，所以本事大，这是没有任何根据的。

现在我们可以根据有关的记载得知唐朝人制笔的方法：先选择几根最长的主毫，放在正中，然后选择几根稍短一点的做第一层副毫，扎在主毫周围，再选一些稍短的做第二层副毫，再扎在周围。在层与层之间还可以裹上一层纸。依此类推就制成了半枣核状的笔，日本有《槵笔谱》一书，就记载了这一过程。笔的这种制造工艺直接影响到字的书写效果。有人特意学颜真卿写捺时的"三尾蚰蚰"式的虚尖，其实他的这种虚尖是与他所用之笔的主毫比较长有关，有的人不明白这个道理，故意地去添虚尖，很可笑。有人对泡笔时，是否全发开也定下讲究，认为哪种就算高级的，哪种就算低级的。这也毫无根据，完全由个人习惯而定。

古代没有现成的墨汁，所以很讲究用墨。现在有了墨汁还有人非要坚持磨墨，这似乎没必要。但墨汁的好坏直接影响到装裱时是否洇纸，所以要有所选择。现在北京出的一得阁墨汁，安徽出的曹素功墨汁都很好用。

纸的种类当然很多，难以一一列举。用什么纸与书法水平也没有关系。我是得什么纸用什么纸，有时觉得在包装纸上写似乎更顺手，因为没负担；越用好纸越紧张。我这种感觉和很多古人一样，当年很多人都不敢在名贵的印有乌丝格的蜀缣上写，只有米元章照写不误，看来还是他的本领大。

至于砚就更无所谓了，如果用墨汁，它简直就可有可无。砚对现在书法而言大约工艺价值远远超过使用价值。

总而言之，这讲讲的问题虽多，但中心思想却是一个，即不要被那些穿凿附会、貌似神秘的说法所蒙蔽，不管这些说法是古人所说，还是权威所说。这些说法很多都是不了解古代的实际情况而想当然，然后又以讹传讹，谬种流传。不破除这些迷信，就会被它们蒙住而无法学好书法。

羲之白不審尊體比復
何如遲復奉告羲之中
冷吾頼尋復白以羲之白

一九八一年夏日誌於小筆之下
啓功

（二）碑帖样本

上讲说过写字不见得都需有幼功，临帖也不必都求其全似，因为本来就不可能全似，但对学习书法的人来说，临帖是非常必要的。它是一种最基本的方法的练习。正像练钢琴，没有一个不是从基本曲目开始的，总是随手乱弹，一辈子也成不了钢琴家；写字也一样，总是随手写来，即使号称这是"创新"，也成不了书法家。书法中的横、竖、点、撇、捺、挑、折，就相当于西洋音乐中的1、2、3、4、5、6、7，中国音乐中的合、四、一、上、尺、工、凡、六、五，只有把每个音节都唱得很准了，音节与音节之间的组合变化掌握得都很熟练了，才能唱出优美的乐章；同样，只有把基本笔画的基本形状及其组合掌握得都十分准确、十分自如，才能写出好字。这就需要临帖，因为帖就是好的字样子。小孩子临帖，并不是让他三天成为王羲之，也不能奢求他对书法艺术有多高的理解，而是让他熟悉笔画的基本形状、方向，以及字的结构布局，从而打好基本功。大人也需要时时临帖，即使达到了相当的水平也如此，正像钢琴演奏家在演出之前也需练习一样，它可以使你越练越熟。更何况它是一项很好的文化娱乐活动，是一项很好的审美创作练习，当你把写出的字挂起来欣赏的时候，你会从中发现很多乐趣。

那么临帖需先搞清哪些问题呢？大概有以下几点：

1. 先要认清碑帖上的字相对原来的墨迹有失真之处

因为碑帖上的字是我们模仿的字样子，所以很多人就认为它是最准确的了，认为当时书法家写到石碑或木版上的就是那样，因而对碑帖上呈现出的每一细微处都觉得是必须效法的。其实并非如此。刻出来的字与手写的字不但有误差、有失真，而且有好几层误差与失真。这只需搞清碑帖的制作过程就能明了。

第一道工序是用笔蘸朱砂写在石头上，称"书丹"。因为朱砂比墨在石头上更显眼，便于雕刻。

第二道工序是刻。刻的时候就以红道为据。我曾在河南的"关林"看到很多出土的碑，因为"书丹"时有的笔道很肥，刻完之后，刀口的外面还残留着朱砂的颜色。可见刀刻的痕迹与第一道工序——"书丹"的痕迹已不完全相符了，有的可能没到位，有的可能过头了，这是第一次失真。再好的刻工也不能与"书丹"时完全一样。在流传下来的碑刻中，刻得最好的是唐太宗的《温泉铭》，现在见到的敦煌的《温泉铭》，笔锋及其转折简直就和用笔写的一样，我在《论书绝句》中曾这样称赞它："细处入于毫芒，肥处弥见浓郁，展观之际，但觉一方黑漆版上用白粉书写而水迹未干也。"但这样的精品终究是极少数，从道理上讲，刀刻的效果总不能把笔写的效果全部表现出来，比如不管是蘸墨也好，蘸朱砂也好，色泽的浓淡、笔画的干湿，以至笔势的顿挫淋漓就是刀工所不能表现的。用笔写的时候可能会出现"燥锋"和"飞白"，即墨色比较干时，笔道会随运笔的方向出现空白，这就不好刻了。没办法，所以定武本的《兰亭序》就只好在这地方刻两条细道，表明此处是由"燥锋"所出现的飞白，其实原字的飞白并不止两道。我曾拿唐人写经中的精品来和唐碑加以比较，明显感到写经的笔毫使转，墨痕浓淡，一一可按，但碑经刻拓，则锋颖无存。两相比较，才悟出古人笔法、墨法的奥妙。又曾看到智永的《千字文》真迹，其墨迹的光亮至今还非常鲜明，这是碑帖无论如何也表现不出的。

第三道工序是拓碑。拓时先用湿纸铺在碑上，然后垫上毡子往下按，这样，碑上凹下的笔画就在纸背上被按成凸出的笔画了，再在上面刷上墨，凹下的地方因沾不上墨，所以就成为黑纸白字了。但按的时候力量不会绝对均匀，力量不到、按得不瓷实的地方就会使拓出来的笔道变细，这是第二次失真。刷墨的时候也不会绝对的均匀，再加上墨如果比较湿，或者纸比较湿，就会洇到凹下去的部分，这样笔画的粗细与形状也会与原字不同，这是第三次失真。

第四道工序是把纸揭下来装裱。裱时要将纸抻平，这样一来笔道又会被抻开，这是第四次失真。碑帖流传的时间过长会破旧损坏，需要重裱，这是第五次失真。

而更糟糕的是有的碑也会损坏，如毁于战火、毁于雷电，或者被拓的次数过多而将碑面损坏，于是只好根据现有的拓片重新翻刻。拓片已经失真，根据失真的东西翻刻岂能不再次失真？这是第六次失真。当然，好的翻刻本也有。如乾隆年间无锡秦家，根据宋拓本翻刻《九成宫》，在当时可以卖到一百两银子一本。因为当时的科举考试非常重视书法，当时书法的标准为"黑大光圆"，于是人们就不惜重金来买好碑帖。

试想，轮到你手中的碑帖不知已失真多少次。最好刻的真书尚且如此，不用说更富于使转变化的行书与草书了。如果你还认为古人最初写的真书、行书、草书本来就如此，甚至把走形失真之处也揣测成是古人力求毫锋饱满、中画坚实，于是一味地亦步亦趋、死板模仿，以致有意求拙，以充古趣，岂不过于胶柱鼓瑟？

碑如此，帖亦如此。好的帖讲究用枣木版，硬，不易走形损坏。帖刻的工艺也有好有坏。如著名的宋代的淳化阁帖，本身刻得很粗糙，但宋徽宗的以淳化阁帖为底本的大观帖却刻得十分精致，几乎和写的一样。但它们的制作工艺与碑大致相同，故而再好也无法表现墨色的浓淡、干湿，并存在多次失真的情况。总而言之，不管碑也好，帖也好，我们千万别以为古人最初的墨迹即如此，否则就会把失真与差误的地方也当成真谛与优长加以学习了。其结果只能像我在《论书绝句》中所云："传习但凭石刻，学人模拟，如为桃梗土偶写照，举动毫无，何论神态？"

这里需顺便指出的是，有人对碑与帖的关系又产生了一些无意或有意的误解，如认为碑上的字是高级的，帖上的字是低级的；写碑是根底，写帖是补充。比如康有为就特别提倡"尊碑"。他所著的《广艺舟双楫》中就专有一章谈这方面的内容。他写字也专学《石门铭》。还有人从而又生发出所谓的"碑学"与"帖学"，好像加上一个"学"字，就成为一种专门的学问了。这是无稽之谈。对于初学写字的人来说，碑由于字比较大而清楚，且楷书居多，学起来容易掌握；帖行草居多，经常有连笔和干笔带来的空白，对连字的基本形状结构都还不很分明的人来说，自然更难掌握。就这层关系而言，临碑确实是根底，但有了一定的基础后，二者就无所谓谁高谁低了。究竟是临碑还是临帖，全看自己的爱好了。再说，碑里面因刻工技术的高低、拓工水平的好坏也有优劣之分。如柳公权的《神策军碑》刻得非常好，虽然干湿浓淡无法表现，但笔画字形刻得极其精致周到；但同是柳公权的《玄秘塔碑》就刻得相对粗糙。又如颜真卿，楷书大字首推《告身帖》，所谓"告身"就相当于今日的委任状，按情理说，颜真卿不可能为自己写委任状，故此帖肯定是学他书法且学得极其神似的人所写，但此帖的风格与颜真卿的《颜家庙碑》《郭家庙碑》等都属一类，但我们随便拿一本宋拓的碑，远远不如《告身帖》看得这样分明真切。所以真假暂且不论，但从学习写法来看，《告身帖》要优于一般的碑。又如古代有所谓的"嚮（向）拓本"，所谓"嚮（向）拓"是指用透明的油纸或蜡纸蒙在原迹上向着光亮处，将它用双勾法将原迹的字勾出来，再填上墨。唐人已有这种方法，宋人也用这种方法，但不如唐摹得精细。有的唐摹本相当的好，如《万岁通天帖》和神龙本的《兰亭序》，连碑中不能表现的墨色的浓淡干湿都能有所表现。但这都属于"帖"类，谁又能说它比碑低级呢？

我虽然始终强调"师笔不师刀"——强调临摹墨迹比临摹碑帖要好，并在上文列举了碑帖的那么多问题，但并不是一概地反对临摹碑帖。因为一来好的墨迹原件终究不是所有人都能见到的，当年乾隆皇帝曾拿出过一次秘藏的王羲之的《快雪时晴帖》给大臣看，大臣无不感到受宠若惊。大臣尚且如此，何况一般的平民百姓？二来即使有了好的墨本真迹，谁又舍得成天的摩挲把玩？三来好的刻本终究能表现出原迹的基本面貌，尤其是字样的美观，结构的美观，终不可被某些局部的失真所掩。但我们一定先要明白碑帖与原迹的区别。正如我在《论书绝句》中所云："余非谓石刻必不可临，唯心目能辨刀与毫者，始足以言临刻本。否则见口技演员学百禽之语，遂谓其人之语言本来如此，不亦堪发大噱乎？"如果你看过一些好的墨迹本，并能在临碑帖时发挥想象，"透过刀锋看笔锋"——透过碑板上的刀锋依稀想见那使转淋漓的笔锋，那就更好了。那就如我在《论书绝句》中所说："如现灯影中之李夫人，竟可破帏而出矣"——当年汉武帝非常思念死去的李夫人，方士云能将李夫人的魂魄招来，届时汉武帝果然在帏帐的灯影中见到李夫人——只要我们能将本来死板的碑帖借助感性的想象，把它看活了，将它尽量变成一幅活的墨迹就成了。

以上所说都是以现代影印术尚未出现为前提的。古时人们得不到真迹做范本，怎么办呢？最好的办法是找勾摹的拓本。但这也很难得，所以对一般人来说只好凭借好的刻本，再等而下之，就只好凭借翻刻本了。有的人称好的刻本为"下真迹一等"，这已是夸奖的话了，陶祖光甚至更夸张地说好的拓本可"上真迹一等"，因为真迹已死无对证，无从查找了。但在现代精良的影印术发明之后，好的影印本确实可"上真迹一等"，因为一来它确和原迹一模一样，包括墨色的浓淡干湿、枯笔的飞白效果与原件毫无二致，这一点是"响（向）拓本"无法比拟的。二来便于使用，你可以将它置于案头随时把玩，不必担心它的损坏，因此它的收藏价值虽不如真迹，但实用价值确实大于真迹。我家长年挂着影印的米元章和王铎的作品，要是真迹我舍得随便挂吗？因此现代影印术的发明，真是书法爱好者的一大福音，它为我们轻而易举地提供了最理想的范本，这可是古人梦寐难求的啊。

2. 何谓碑、何谓帖

"碑"字从"石"、从"卑"，原指坟前的矮石桩，最初上面还有一个窟窿，原用于下葬时系棺椁用，也可以用来系葬礼时的牺牲品，如猪羊之类。后来在上面刻上墓主的名字，碑石也变得越来越大，碑文也变得越来越多，内容也越来越丰富，不但可以用来记载死者的有关情况，而且凡纪念功德的纪念性文字都可以书碑。汉代就有著名的《石门颂》，北魏时有《石门铭》，记载褒斜一带的有关情况。到唐代，开始多求名人书写，甚至皇帝自己写。唐太宗就写过两个碑，一为《温泉铭》，歌颂他洗澡的温泉如何好，如何有利于健康，此碑早已不存，现有敦煌的孤本残帖；一为《晋祠铭》，纪念周成王分封其幼弟叔虞于唐之事，晋祠即指叔虞的庙。后来李唐王朝之所以称"唐"，是因为他们自视为叔虞的后代，所以《晋祠铭》兼有歌颂大唐王朝立国之意。唐高宗效法其父，写过《李劫碑》；武则天则为其面首张昌宗写过《升仙太子碑》，硬说他是仙人王乔王子晋的后身，立于河南缑山。此碑现在还有，碑旁已砌上砖墙加以保护。

碑的歌颂纪念性质决定它多以郑重的字体来书写，这样也便于读碑的人都看得清。汉时多用隶书，唐时多用楷书。我们今天见到的虞世南、欧阳询、柳公权、颜真卿的碑无一例外，全是用楷书来写，字又大，又清楚，所以便于成为后来学习楷书的范本。只有皇帝例外，他们至高无上的地位可以不受这一限制，爱怎么写就怎么写，所以唐太宗、唐高宗就用行书写，武则天甚至用草书写，草得有些字都很难辨认。

帖，最初指古人随手写的"字帖子"，也称"帖子"，实际上就相当于今天所说的便条、字条、条子，所以写起来比较随便，字往往很少，有的就一两行，如著名的《快雪时晴帖》就三行。淳化阁帖中有很多这样的作品。用于拜见主人时，称"名帖""投名帖"。最初是折起来的，因而也称"折子"，里面就写一行字，说明自己的姓名、身份，后来变成单片的，称"单帖"。我见过清朝人的单帖，官越大、头衔越多的，字反而越小，官越小的字反而越大。外边还可以用一个皮夹子装着，称"护书"，由跟班的拿着。到了被拜访人的家，由跟班的拿出来，交给门房，门房收下后，举着到二门，朝上房喊"某大人（或某老爷）到"，主人听到后说声"请"，然后门房回来也向客人说声"请"，便可以领着他去见主人了。如果是下级呈递上级的公文，则称"手本"，按一定宽度折成一小本。还有信，其实也属于帖，比如现在流传的王羲之的几种帖，大部分都是他当时写的信，《快雪时晴帖》实际上也是信。有时写给大官的信，大官可能在信后随手批几句批语，有如皇帝在大臣的奏折上批上"知道了"云云，那也属于帖。《书谱》曾记载，王献之曾郑重其事地给谢安写过一封信，并自认谢安"想必存录"，但没想到谢安只是于原信上"批尾答之"，令王献之大为失望。在古人看来，这些都属于帖。《兰亭序》虽然比较长，但它仍属帖，因为它是文稿子，上面还有改动涂抹的痕迹。因此我们可以给帖下一个广泛的定义：凡碑之外的、随手写的都可称帖。后来这些帖不管用勾摹的办法，还是刻版的办法保留、流传下来，人们仍然称它为"帖"。有人说竖石叫碑，横石叫帖，这并不准确，其实，墓前的横石也叫碑。

既然是便条的性质，所以写起来就比较随便，文辞既很简单，所用的字体也大多属行书或草书。当然，帖中也有用较正规的字体的，如王羲之的《快雪时晴帖》，正像碑中也偶尔有用行草的。因此碑与帖的区别主要是当初用途的不同与由此而来的所选用的字体的不同。碑是树立在醒目的地方供人看的，它唯恐别人看不清，所以字往往选用又大又清楚的楷书、隶书；帖多数是一个人写给另一个人的，只要两人之间能看懂即可，所以字体可以随便。在秘而不宣时（这种情况是很多的，如有人在信中附上一句"阅后付丙"——阅后请烧掉，就是明证），恨不得写出的字除对方外，谁也看不懂，像密码一样才好。

现在有人从碑中和帖中字体的不同引出"碑学""帖学"这一概念，这其实并不准确。如果我们把研究碑和帖是怎样来的，又是怎样发展变化的，里面有多少种类，汉碑是怎么回事，魏碑是怎么回事，称为"碑学""帖学"尚可，但如果把研究碑上的字称为

"碑学"，把研究帖上的字称为"帖学"，就不准确了。还有人把研究"写经"上的字称为"经学""经体"，这就更不准确了，经学哪里是指这个。不管是研究碑上的字，还是研究帖上的字，或是研究写经上的字，都是书法学。我们不能把碑上的字与帖上的字，或写经上的字截然分开，然后一个称"碑学"，一个称"帖学"，一个称"经学"，这容易引起歧义。

3. 对碑帖及临写碑帖时的一些误解

在第一讲中我已指出由握笔等书写方法的误解而造成的书写时的一些错误，这里我想再着重谈谈由对碑帖的误解而造成的错误。这些错误大致又分两类。

第一类是由于不知道碑帖的失真而造成的对碑帖死板机械的临摹。

比如，你如果不知道墨迹本来是很圆润的笔画，只是经刀刻以后才变成方笔，于是不加分辨地机械模仿，把笔画都写成"方头体"，甚至把它当成古意和高雅来刻意追求，这就错了。有人还因此把没拓秃的魏碑称为"方笔派"，把拓秃了的魏碑称"圆笔派"，这就更属无稽之谈了，他们不知道像龙门造像中的那些方笔其实都是刀刻的结果。龙门那里的石头很硬，不好刻，比如要刻一横，只能两头各一刀，上下各一刀，它自然成为方的了，古人用毛锥笔是写不出来那么方的笔画的。清末的陶濬宣（心耘）就专写这种方笔字。还有张裕钊（廉卿）写横折时，都让它成为外方内圆的，真难为他怎么转的笔，我把它戏称为"烟灰缸体"。碑帖中确实有这样的字体，但外边的方是刀刻所致，里边的圆可能是刀口旁剥落所致。他不知道这一点而去机械地模仿就很无谓了。更令人遗憾的是，有些人还专门学张裕钊的这种写法，他的很多学生，有中国的，也有日本的，专跟他学这种写法，至今已流传两三代了。我还曾遇到过这样一件事。一天，一位自称老书法爱好者的人驾临寒舍，称他收藏有最好的欧帖，并终生临摹不已。边说边打开一摞什袭包裹的碑帖，我一看真为惋惜，他自认为最好的这些碑帖，实际不过是专出《三字经》《百家姓》《千字文》（合称"三百千"）之类的"打磨厂"（北京的一个地名，内有一些印制碑帖、年画、红模子的小作坊）一级的东西，粗糙得很，笔道都是明显的刀刻方头，字形都已明显变形。试想，以此为范本用功一生，还自谓得到了欧体的精华，岂不可惜？

又比如有的碑上的字，字口旁有缺损剥落，于是拓下来的字便会在字口旁出现一些多余的部分。有的人不明白这是怎么回事，便在临摹时在笔道旁故意出一些刺状的虚道，我戏称它为"海参体"。又如碑上的细笔道在拓时因用力不匀或用墨过浓，都容易拓断，有人认为古人在写时原本如此，在临摹时也跟着故意断。这种断笔、残笔在小楷的碑帖中更易出现。因为原本字刻得就小，笔道就浅，拓多了自然更易模糊。如宋人刻过很多附会为王羲之的小楷帖，像《黄庭经》《乐毅论》《东方（朔）画赞》等。这些帖中，"人"字一捺的上尖往往拓不上，于是变成了"八"字，"十"字一横的左半部分拓不上，于是变成了"卜"字。我小时曾看到兄弟俩一起面对面地坐在桌子的两旁认真临帖，都用我前边说过的自认为颇具古意的"猪蹄法"握笔，而且每写到碑上出现拓残的断笔时，哥儿俩就互相提醒，嘴里还念念有词："断，断。"显然是把它当成一种古人有意为之的特殊笔法加以模仿。当时我还小，不知怎么回事，只觉得很奇怪，后来弄清楚怎么回事后，觉得这兄弟俩真可笑。其实，不用说一般人了，就连很多书法家亦如此，比如明代的祝允明、王宠等就有意这样写，因此他们的字往往有这样的断笔。

第二类是概念上的错误。有些人因看到碑上的字多是方笔，为了刻意仿效它，就制造出一些莫名其妙的书写理论和书写方法，以期达到这样的效果。还有人因看到碑上的字多是方笔，便误认为所有的字都应如此，不如此就连是否是真的都值得怀疑了。

如清朝的包世臣在其所著的《艺舟双楫》中记载他曾从黄小仲（黄景仁之子）那里听说过一个关于用笔的很高深的理论，叫"始艮终乾"，当他想进一步向他请教何谓"始艮终乾"时，他则笑而不答，以示高深。其实这是一种想把笔画写成方笔的用笔方法。如果我们把一横看成是三间坐北朝南的大北房（古人的地图是上南下北），那么按照八卦的排列它的西北角叫乾，正北叫坎，东北角叫艮，正东叫震，东南角叫巽，正南叫离，西南角叫坤，正西叫兑。所谓"始艮终乾"指从东北角艮位下笔，往上一提，然后描到东南角的巽位，然后平着从中间拉到西边，把笔提到西南角的坤位，最后将笔落到西北角的乾位，这样一来就能把笔画描成方的了。这不叫写字，这叫描方块儿，比"海参体"更等而下之了。总之想要硬用毛锥笔写方笔字，必定会出现很多怪现象。

又如清朝还有一个叫李文田的人，专门学写碑。他曾在浙江做考官，在回来路过扬州时，为汪中所藏的《兰亭序》作了一大段跋。其中心观点是，《兰亭序》不是王羲之所写，理由是晋朝人的碑中没有这样的字。他不知道晋朝的碑本来就不可能有这样的行书字，因为那时碑上的字都是工工整整的，一直到唐朝欧、柳等人莫不如此，只有皇帝老儿的碑才偶尔有行书字。不用说古人的碑了，就是现在人在门口上贴一个"闲人免进"的条，也要写得工工整整的才行，才能达到让人看清从而不进的目的，否则，写得太潦草，岂不是还要在旁边加上释文？换言之，他们不懂得书写的形状和书写的用途是有密切关系的。我们知道汉朝郑重的字都用隶书，而现在看到的出土的汉代永元年间的兵器簿全是草书，敦煌发现的汉简中，有关军事的也全是草书。为什么？因为军中讲究快，为了这个目的，所以就要选用与之相适应的字体。直到今天亦如此，比如报头为了美观醒目，可以用各种字体，但到了里面的正文，必定还用最易辨认的宋体或楷体。《兰亭序》本来是书稿，它当然会选用行书字，而不用当时工工整整的正体。正像我们今天随便写一个便条，谁会把它描成通行于书报上的宋体字呢？因而岂能因碑中没有这样的字就说《兰亭序》是假的呢？他还用《世说新语》所引的注与《兰亭序》有出入为据，来论证《兰亭序》为假，殊不知古人以引文作注本来可以撮其原文之大意，他不说所引简略，而反过来怀疑原文，更是无知。

这种观点后来又得到某些人的发挥，他们看到南京出土的晋朝的《王兴之墓志》等都是方块笔，认为《兰亭序》也应该是这样的才对。还说如果真有《兰亭序》，其笔法必定带有"隶意"才对。如果没有"隶意"必定是假的。殊不知这些碑的方笔画都是刀刻出来的效果，当然会是刀斩斧齐，但拿毛锥笔去写，无论如何是写不出这样的效果的。再说唐人管楷书就叫"今体隶书"，《唐六典》中就有这样的记载。唐朝的《舍利函铭》的跋中就有"赵超越隶书"之语，而所用之字，全是标准的楷书。虽然都叫隶书，但汉隶和唐楷是名同实异的，李文田要求晋朝的行书要有汉碑的隶书的笔意，这也是一种误解。我们不能死板地理解这些名词，应该根据具体情况去正确理解。比如张芝曾写过这样的话："草草不及草书。"这里的"草书"实际应是起草的意思，如果把它理解为草体书，说我来不及了，不能写草书了，只能一笔一画给你工整地写楷书，这合逻辑吗？又比如某人小时挺胖，大家都管他叫"胖子"，但到大了，他不胖了，我们能说他不是那个人了吗？同样的道理，如果还把这里"隶"理解为蚕头燕尾式的笔画，硬要从《九成宫》，甚至《兰亭序》中去找这种隶意，找不到就瞎附会，看到那一笔比较平，就说那就是隶意，岂不可笑？

（赵仁珪根据2001年8月的录音整理）

我什么都想摸索摸索，结果哪样也没摸索透。幸好孔子说过"吾少也贱，故多能鄙事"（《论语·子罕》）。我们可以借着这句话来遮丑，就是说，什么都得摸索摸索。你没有切实深入地研究过，表面的也应该知道一些。例如，我天天接到信，这信很有意思。比如说"敬启者"是我，恭恭敬敬地向你禀告，这个启是我要说我的意思。那么，人家收信的是台启，家信说安启。台启就是人家尊敬对方，对方在台上，我们请台上的对方来打开这封信。这个启不是禀告的意思，而是打开信的意思。我现在接到十分之几的信，都是写"启功先生敬启"，这跟"敬启者"就不一样了，意思是让我恭恭敬敬地打开这封信。我教过的一个研究生，现在正在国外讲课。有一次和他说起台启、敬启这件事。他说："敬启我瞧过，日本人写信，头一条就写敬启者。"我说："不是日本人写敬启者，这是跟中国人学的。"中国人头一条就是敬启者，敬，恭敬的敬，还有写直接的那个"径"，什么意思呢？就是我不说客气话了，我直接告诉你吧。熟人用那个"径"，意思是我直接说。我这个学生成绩很好，但对于这种常识性的知识他却不知道。

我觉得猪跑学实在是有必要，有人能夸夸其谈，讲很多的大道理，却不知道对联是怎么回事，不知道平仄是怎么回事……比如，从六朝碑别字到后来有一种很平常的俗语说叫帖写，碑帖上常有的别体字，写得之后是新的帖写，不是规范字，也不是现在规定的简体字。那到底是什么呢？是他自造的俗体字。有一个同学拿一本讲《红楼梦》的稿子给我看，我一看全篇都不认识，我说："你认识吗？"他说："认识。"教过他的一个老师跟他说："这个字不行，你拿到出版单位，别人不认得，只有自己认得，那成密码了。"像这样的自造简体字，自造密码，是很麻烦的。所以我觉得至少要能够分辨出来，哪个是正体，哪个是俗体，哪个是规范体，哪个是民间的简体。这些都得了解，尤其避讳字。清朝，咸丰帝名字叫奕詝。后来作了皇帝后，"詝"字右边"宁"的丁的钩去掉了。没想到现在我们的规范字，钩也没了，变成"贮藏"的"贮"。这个也不要紧，我们事在人为，像玄字，宋朝宋真宗说他的祖先叫赵玄囊，把玄字就改为元字，天地元黄。清朝也是把玄黄改为了元黄，因为康熙叫玄烨。我记得，规范字有一段时间"玄"字也缺一点的，现在好像不缺那一点了，这不缺一点是对的。不能因为凡是缺笔的就是规范的。"玄"字两次被避讳，"詝"字那个钩是为了避讳咸丰皇帝。你看现在有必要吗？替咸丰皇帝，替康熙皇帝避讳吗？我遇到的学员有过这种情况，所以我说猪跑还真得看一看，没吃过猪肉，还真得看看猪跑。

我写了一个题目叫作"我对秦书八体的认识"，这也印出来了，但现在觉得这题目太不妥，我对秦书八体不认识。因为什么呢？现在人家拿出一个大篆的字，不用说大篆，就是小篆我也认不全啊。小篆的偏僻字，我也要猜。写成大篆，长篇大论的隶古定我就不认识了。秦朝末年，有一段时间，大家都愿意写隶古定。有人给他的祖先刻了一本文章，里面有一篇八股文，八股文是很晚很晚的，结果用隶古定写，这个隶古定写八股文太特别了。实际上拿一个隶古定的字我就不认识，"我对秦书八体的认识"这话糟透了。若一位先生拿一个字，说："你认识不认识，这是秦书八体之一。"我一个字不认识。所以应该说是"我对秦书八体的看法"。

为什么提秦书八体。大汶口的符号，有的人说是字，有的人说是符号。要知道文字就是符号，还有什么非符号性的字吗？问题就是像大汶口出土的那些东西，还有《周易》经文里头有四个爻的就是卦画，上经、下经这都去掉就中间四爻来回翻成两个卦，这现在也破译了。张正烺先生讲这个东西讲得很好，但是也没有名称，秦书八体以前没有文字的名称。到秦书八体才有大篆、小篆等八种名称。所以从秦书八体来了解一下文字的发展。秦书八体是基础，是一个开始，第二步就是王莽，建国号新，这新莽有六体。东汉以来，沿袭新莽的办法，开始是考学童的六种，看来这都有名称，这名称都是从秦书八体开始的。

秦书八体提出来许多名称，大家由名称推想字体是什么样子，因为字体形状后世流传很少。现在，尤其是近几十年来出土的东西实在是太丰富了，让我们看到了古人写的字是什么形状。可是出土的东西并没有一个写有字体名字的，说这个叫小篆，那个叫什么书。秦法是焚烧诗书，与秦法和秦的政治无关的书都烧了。都烧的话，大家要学文字，现在说是学文化，要想念书，要想知道记录当时什么事情，是以吏为书，以秦朝的掌管法律的法官为书。还有人说隶书，就是现在我们所说的隶，我们没看过，就以为汉碑那样子的是隶书，现在我们直接看到秦朝时期一个官吏，一个狱隶，在他的棺材里有秦律，还有一些记事的文字，这些东西才真正是秦朝的隶书，是以官吏为书。其实以前一个机关的中下级的小官员也叫吏。所以说以吏为书，就是以程邈作隶。

说某一种字体都是某一个人发明的，是很不科学的说法。天下事没有一个人能够独立发明的，说是某一个人创造一个字体，立刻天下都通用了，这是不可能的。根据廖季平的说法，他认为是古文字都是刘歆造的。《左传》也是刘歆造的，这本事太大了。刘歆关着门造一部《左传》还可以，但是他到天下各处帮助人们制造铜器，在鼎上面铸造铭文，那都是刘歆一个人造的？某种文字是某某个人创造的，这个说法说明从前人科学观点不够，研究资料不够。没法子。我们现在就觉得，有了名称，字的名称叫篆，或者叫籀。找到一个古字，说这就是籀，不对。说《诗经》里头有好多个写出来的籀文，说秦朝的石鼓文，那么真正的秦朝石鼓文是什么呢？石鼓文里头有的字跟《诗经》里的籀文对不上，到底是不是籀文呢，这先不管。许多都是名称跟形状对不起来。其实，这个名称只是一个涵盖或者代表了很多样式。比如说现在的简体字，一些字的简体是很复杂的，有各种各样的写法。那么，怎么能够拿这两个字的名称概括许许多多的现象？这是很不科学的。

还有籀文，《说文》里头有很多的籀文，注上说这是籀文，可是我们看起来，许许多多的出土的文献，甲骨文、金文上的，还有图章上奇形怪状的字，不认得，查都没处查。许多古铜印上的字不认得，刚入门的学生不认识，就是专家也有不认识的。在古文字方面有一个老前辈，那是深有研究。可是，问他那个玉玺上的古字，他也不认得。所以这种情况不是怨今天某一个人，古代的人手写是有差别的，张三写跟李四写有差别，地区也有差别。

由于地区的差别、个人的书写习惯，形体跟已有的名称对不上。比如说，我们知道古鼎文上许多的注，先有个模子，再浇铸出来，那是很费事的，那么它是铸出来的。但是甲骨上的某些个字是刻出来的。像秦诏版，那都是刻出来的字，秦朝时统一文字，书同文，行同伦。秦文有些字还是不一样的。书同文是没法同的。它的面积太大了，不可能全同。所以秦很严格地来推行书同文，可结果还是有不同的在。当时是不可能这样子。每一个人书写风格不一样，每一个地方的习惯也不一样。还有比如说《史籀篇》，我很怀疑它是不是真就如此，周朝的太史叫籀，史籀作的这个书，《史籀篇》上的字，代表一种字体，这种说法，是很危险的。有人以为《仓颉篇》里的字就是仓颉造的。现在真正它的原文，我们在汉木简里也看到了，头四个字是"仓颉作书"，仓颉造字是把历史述说一下，这个书绝不是仓颉作的。《史籀篇》也不是周朝的籀造的。这书名成为字体名，人名也成了字体名。

对这种情况我们要有一个总的认识，即古代的字体秦书八体的名称是使我们方便了解古代字体。但是，它有的名称跟形状亦有对不上的地方。就说"蝌蚪文"，用现在我们的语言讲，就是手写体。拿笔一画，这个东西像什么呢？蝌蚪。其实，《三体石经》的头一个字是籀文，说是孔子家的墙内出的籀文，其实是古代手写字样子。像一个虫子，又像一个蝌蚪，又像鸟的脑袋，种种的说法，都是后人随便给它起的名字。字的名称不一样，都是由于方法不一样。由名称不一样就看见不同的材料，不同的形状，不同的形体，就给它瞎猜。另外还有楚书、隶书，楚书就是个儿大。有一个和尚叫道一，他写佛经，应该写某个人书这个经。但是他写署经。为什么？因为署经就是特别大的字，《泰山金刚经》就是这种。

山东有四座山，都有摩崖，现在的资料又详细了很多。这个书的样子跟别的书的样子不一样。他写署书就是字大，可见秦朝的署书是专门写大匾额的。底下有殳书，殳书就是手写体的书。殳书是兵器上写的字，还有叫摹印，也是用这种。汉印铸得方方正正的，秦玺边宽、字细，样子很特殊。字也有许多简化了。那个简化不是我们现在缺笔的简化，它就是减少。"赵"就写"肖"，那个走之就省略了。这种赵字只写一半，这叫什么体啊？其实，秦书里头，赵字只写一半，它好写。所以，秦书八体，相较大篆我们就给它叫个小篆，其实它本身叫篆。篆以前的东西叫大篆，然后刻符，然后是摹印、署书、殳书。殳书也是手写体，然后是隶书。现在说到隶书，这个含义很有关系。因为我们知道，汉碑都是东汉的，西汉的很少。出土一两个西汉的，就被大家认成是假的。西汉年代有年号的金石刻碑都受过攻击，都被认为是假的。其实，那是少见多怪。这个汉隶，比如像《礼器碑》《曹全碑》。这种字都叫汉隶，是汉朝的隶。秦隶是什么样？不知道。《淳化阁帖》说是程邈写的，那是完全不懂。现在出来的才真正是秦朝狱吏用的字体。又像篆，又像隶，是偷工减料的篆，又不是像汉隶那样清楚，直来直去的笔画。为什么？隶是下级官吏所用的，不登大雅之堂，这种东西叫隶。这些隶，是一个俗书，就是俗体，是世俗上常用的，而不是官用的。所以像《泰山刻石》，像福山的《琅邪台》，这些刻石是郑重其事的。

字体体现出来不容易，《石门颂》就是硬凿，直去直来，每一个笔画跟直棍子一样，没有头没有尾。后来宋朝管楷书叫隶，管真书叫今隶，今体隶书。唐朝也管楷书叫隶书。不过，有的为明确一点，加个"今体"两字，就是今天字体的隶书，那么隶书者，俗书也。就是普通的不是官方的，不是郑重的、高文典册里用的，是民间通行的，就改隶。汉朝的字写得比秦朝的字稍微郑重一点，更规范，更清楚，写得更清晰了。这种叫汉隶。后来的俗字，也就叫今隶，由于有今隶这一说，隶就混了。隶到底是汉碑样子呢，还是隋唐楷书的样子呢？隋唐人管楷书字也叫隶，汉碑的字被挤得没处待了。它再叫隶，跟唐朝的楷书怎么分呢？就改为叫八分。什么叫八分呢？我的推测，八分者，就是八成。打折扣的汉隶，打折扣的秦隶。为什么呢？它不够完全，比起篆书来，它打折扣，比起秦书来，也打折扣，就因为它是八成隶。这个说法，就有很多了。说八分字，不是真正的打八折，八成，不是这个东西。有人坚持说八分就是八字分开。我说那么五字怎么讲？还能是交叉线吗？"五"本来就交织、交叉，你八分书，是左右分开，可八分书也有竖道啊，那川字怎么办啊？都冲下，它一点儿也不分开。八分其实就是八成。给古隶、秦隶、小篆打八折。不够那么标准的通俗体，篆也是这样的。篆的笔是"引而上行之为进，引而下行之为退"，就是匀圆的道，就是很匀实的道。有人说吏就是俗，比吏高点，篆书就是高级官、中级官写的字，隶就是低级官写的字。

篆书到后来出现了新的字体草隶，草字写的隶，说王羲之善草隶，有人说，这是隶书的写法，却是草书的结构。急字，这些东西都是隶字的点画，而是草字的结构，这种就叫章草。六朝人管行书字叫草隶，行书字就是潦草写的真书，隶书，潦草写的隶书就是草隶。那么，真正的草书呢，又加上一个字，隶书点画的叫作章草，楷书点画的叫今草。其实这个说得很明白，什么样子的是章草，什么样的是今草。后来字的形状跟被用的名称混乱得厉害，由于这种混乱，造成很多分歧，这就有了汉隶跟楷书的矛盾，章草和草隶的矛盾，草书和章草的矛盾，汉兴有草书，分明就还是用隶书的点画写的草书。像汉木简里有许多的字是草书。

用在诏令上的都是楷书，用在政事上的都是规范的正写的汉隶。我们看到河北出土的一大部分，都成黑炭了，闪着光才见有墨写的笔画，那个字真跟汉碑那样的字一样，非常规矩。可惜太黑了，不知道印出来没有。有一位朋友，从四川博物馆调来的，他就天天照着太阳，映着日光来释文。这是一篇诏令，所以说诏令都是很规矩的字样，军书都是很潦草的，都说"草草不及草书"。这话是有矛盾的，你草草，怎么会不及草书呢？其实，它不是指的字体的草书，它是指草稿，说远一点，到了宋朝还这样。后来到了元朝，记事顿首，就说我这是备忘录，写个条，怕你忘了，正事前后有名帖。现在呢，更省事了。我要干什么。就像草草不及草书，匆匆不及草书，因为时间匆促了，我来不及打草稿了，我就直接给你写去了。所以篆书、隶书、草书，同是这个东西，纠缠很多，像蝌蚪文、鸟虫书，都是这个东西。手写体，我们现在在插图里头有。第二个是小篆体，第三个是汉隶。真正的打甲骨就开始有，甲骨上没刻的就有笔写的，有朱笔写的，有瓦片上写一个祀，这点残了。其实这都有，这个是祀，到底是怎么回事呢？全文是什么不知道，可是这是商朝的，跟甲骨一块儿出土的。证明商朝已经有毛笔字写在骨头和龟甲上了。

这些东西最容易使我们在思想上和认识上混乱，名称跟实际混乱，现在看来，各方面的混乱都有，最大的混乱就是书体名和实际的形状怎么分呢？我们现在要有一个总的看法就比较好办了，一种是写法上的变化，个人的习惯不同、个人手法不同，写法轻重不同，比如同是鸟虫书，象形又叫蝌蚪文，《侯马盟书》全上头齐的钉头书尾，全摁齐了下来，这是那种用途上大概表示郑重，表示郑重只能是头齐不能是尾齐，它没法子，笔是尖的，《侯马盟书》是上头齐下边尖，就是说书体的名称是一种情形，写法是一种情形，写法里又有不同的用途，用途不同。盟书这种东西它相当郑重，和写得潦草的相比，就比较整齐了，还有个人的手法习惯，比如那个肚，像蝌蚪的肚有的肥、有的瘦，有的很尖，很细，那肥的地方不太明显，可是铜器上也有，那《智君子鉴》里头就有，智君子之弄器，它是玩具，自己玩的这么一个东西，一个鉴，一个水盆，拿来洗手或者拿来照镜子，其实说是古人没有以水为镜子，没有铜镜这是不对的，可以由水盆当镜子使，一个富豪墓里就出了一个铜镜子，水银的，富豪墓已经有铜镜子，那么可以用水盆照，铜镜子一般人不能人人都有，所以智君子还有弄鉴，那上面字的笔画也两头尖，是柱子，这个字体形状、用途、用途里头又分。比如不太主要的，不太郑重的地方就可以用手写，郑重的地方就写得比较规矩一点，这个差别很多。还有一种叫作用某一个书上写着什么样的字体，比如说周太史籀做史籀，这话就说得不太对，史籀什么样子？没看见过，真正的太史籀做的这个书，不一定是那种字体全是太史籀一个人造的。

某种用途、某个人的手法、某个人的习惯、某个地区的不同、某个刻的、浇铸的或雕刻的，这些个制造方法的不同，用途的不同等，都可以造成许多的差别，因为这样子就造成许多的混乱。后来汉朝就把古代的字当做正宗，当时通用体都当做次要的，比如汉碑，汉碑的碑额上都是郑重的，不管它写得合不合撰法，比如《张迁碑》，碑头意思是要写篆字，可是写得很不像篆字，有人就专学这个，写字的人专学汉碑额。为什么？清朝写篆隶的邓石如，他就专门写这个汉碑额，他觉得这样是一般人所没有参考的。《韩仁铭》的碑头是两头尖的碑头，当时觉得两头尖的比汉隶不郑重了吗？他说两头尖的笔汉朝就不大用了，完全把他看作是古体了，所以在《韩仁铭》的上头那个碑额还是两头尖的字。从前人有一种信古的思想，觉得古的都是正宗的，今的都不是正宗的，所以碑额用早于当时字体做碑额，当时字体不做碑额。到后来，唐朝一直到明朝，墓志是某人撰文某人撰额、某人书丹。为什么撰额没有立额呢？有人专写墓志铭，书丹是用朱墨在石头上写，某人是撰文，先有撰文后有书丹，有人撰盖，撰盖或撰额，要是碑写撰额，墓志铭写撰盖。清朝一直到乾隆年。我收到过有刘墉写的墓志铭，撰额署董诰，董诰当然是宰相了，看字不是董诰，也不知道是谁，董诰不可写示郑重的篆书，这种是某个大官给题上的。后来到民国，抗战之前都还有。人死了有铭旌，一个大的东西，这样一个座，上头有一个盖，那彩绸编的东西，中间一层纱，走起路来是透风的，不阻碍它往前走，出殡的时候，把这个东西放到前头，这个死人，什么官，什么名字，什么号，在棺材前头头一个抬的是这个，这个东西底下找一下名人，某某人蹲守外体，那个就是章学诚说的"同里铭旌"，总得拉上大名头的人做他铭旌的招牌，就这样，这个字都写哪个官大，写哪个，根本就不认识都写上了，结果字什么样，就想棺材头上写颂辞，哪个大官也不可能去给人写那个字，可是都找一个大官题名表示好看、体面。

我们现在是研究字体的源流，必然要涉及古代字体，要涉及古代字体，必然要将名称跟实际现象相印证，要相印证了就会遇到许多纠缠。这就费劲了，会有许多分歧，这个人说这个，那个人说那个。我觉得这些我们现在最方便，现在出土的材料相当丰富，我们要自己真正独立思考，拿来看看，别听那一套。特别像清朝人，比如说孙星衍自写小篆，他先搜集一本《仓颉篇》，现在出土的目前四字一句，就跟《千字文》一样仓颉作书开始，他找了一本。王静安先生算是近代很通达的了，有科学头脑的，那绝不是迂腐的，谨守家法的乾嘉学派，可是他有一个问题，他说《急就章》都是仓颉正字，所以即《急就章》的字，都是《仓颉篇》里的字，细想《仓颉篇》不可能是仓颉自己的，因为头几个字叫仓颉作书。《千字文》的头一句叫天地玄黄，那么不能管《千字文》叫天地篇。其实汉朝人，管《急就章》"急就奇觚与众异，罗列诸物名姓字"。《仓颉篇》呢，就是因为头两个字是仓颉，并不是说明《仓颉篇》就是仓颉造的。那么，孙星衍把这单个的字，凑了一本，说这就是《仓颉篇》里的字。《仓颉篇》就没有那些字，就是有也不说明《仓颉篇》的作用，《仓颉篇》是串起文字，串起词句来教导学童，不是单纯地教导学哪个字。王静安把《急就章》打碎了，认为这都是咱《仓颉篇》里的字，这都是被古代的书名，字体名，写法，裹在一起，就造成许多失误。

前面所谈是书体的名称和实际的形状。形状，字体的样子，这是属于体的问题，下面谈一点用的问题。怎么叫体和用呢？清朝末年，张之洞提出来，"中学为体，西学为用"，我也说"体"和"用"。形体跟名称，比如叫大篆，叫小篆、隶书，七书八体。这是体，名称和主要形状纠缠了很久。

现在我想谈谈用。文字是表达记录语言的记录语词的工具。那么，什么名称，什么词汇，用哪个字来表现。要说文字就纯粹记忆语言还不行，语言它有语音的问题，还有词组的问题，关于这个文字只能代表一个词，这个问题我们现在不讨论。

今天就谈谈有关这个字的写法。字的写法大家一想就一定联系到书法，什么软笔书法、硬笔书法，什么体，什么派。书法好像一提就是这个，那是艺术的书法。我们另外再谈。

现在先谈谈文字的本身它是怎么构成的，怎么样设想的。还有，它附带的，跟着它并行的标点符号，注音等问题，今天谈不了，我也不会谈全面。

陆宗达先生是黄侃先生的高足，最得黄侃先生之学的老先生。他说黄先生说过，这个造字笔画、点画，有代表笔势的，有代表笔意的。什么叫笔意呢？比方说"马"，这么几笔下来，那个代表腿，一笔弯着，是代表尾巴，马现在的楷书是横平竖直，横着写，篆书的马的三大横，都是形容马的鬃往下斜着。比如说"犬"，一个大字，一个点，这是楷书字，真正的篆书，总是弯着，连着一个横，像一个狗的尾巴翘起来。狼很阴险，它的尾巴不翘，而狗的尾巴常常是翘起来，越高兴，尾巴越翘，越是摇，所以这个"犬"，代表笔意。写这个字、造这个字是什么意思。还有笔势，比如"彪"，三个撇，就是代表风力。像马、虎跑起来，像有风带着来，这个东西是笔的势，形势的势。"雨"，许多点往下点，形容雨点往下落的样子，这种都是笔的势。

还有一点就是句读、点画。字的点画是字的组成部分，语言要写出文字来，是代表语言的、表现语言的。这个句读要是不清楚的话，是很妨碍语言明了的。甲骨里头没有句读，竹木简牍里头有句读，这个句读不是点在句子旁边，它用一个像我们现在画对钩，说这个字对了，就用一个对钩在这个字的旁边。这个在竹简里头有符号，是最早句读的开始。后来呢，就有许多的形式了。一种是扁点，就是现在的顿号，一种是圈，表示句号。咱们现在的标点符号，是引进西洋的。引进西方的就是顿号、逗号、句号，还有分号、冒号、问号、叹号。这些个都是引进西方的。问题在这个句读不是说，碰见一句都要用这么样固定的符号。这样也不行，它这个语言短句，有断语意，有断语气的，这是很重要的。断语意，是这句话说完了，就断开了。还有断语气，这个语气又断又连，语气到这儿一口气念不断，在中间顿一顿。"子曰，学而时习之，不亦说乎。"你说这句话，而字以上必须断开。粘连呢，必须是粘连，而又得分开，应该用相反的两个，还是两句"学而时习之"，学了又时常去习，那不是喜事吗？到了这个之字断不断，还有这个而字的作用很微妙，又有连接，又有隔开。它又黏在一块儿，可以说，学了又时常习，然后又"学而不思则罔，思而不学则殆"，这又是相反的。它这个而是中间的黏合剂，又是中间的分解剂。连和分都是这个字，你说这个字，应该是怎么个标点法呢？我们现在规定的新式标点，而字叫连接词，但也有问题。"学而不思"这个而，倒是更不是连着的，是相反的分开。学应该学，而不思，学跟不思，是相反的。然后中间有一个"而"，你说这个"而"，是连着呢，是分着呢？

从前，有一个人考八股，"而"字用错了，考官就批了："当而而不而，不当而而而，而今而后，已而已而。"说你应该用"而"的时候，你没有用"而"，不该用"而"的时候，你用了"而"，而今而后，从今以后，已而已而，你完了，完了，就不及格，完了。

这么多的"而"，有当连接的，有当分开的，有当专指那个字的，有当"完了"的。作用很多。现在的标点就是，而是连词，遇到"而"字以上，必须断开，这是标点的规则。必须按这个断，所以苦了编辑先生。有人点了逗号，把逗号去了。因为这是连词，不能断开。我就问，比如说，陶渊明的诗"结庐在人境，而无车马喧"，虽然我盖了房子，在人的环境里头，但是这个环境很安静，没有车马的声音，这个"而"呢，又是粘连的意思。但是"而无车马喧"的"而"，又得分开，是相反的两个，相反的两个就应该断，是粘连的又应该粘连。这个东西呢，编辑要看，"而"是连词，竟是看粘连的一面，没有看它相反的一面，"结庐在人境，而无车马喧"，是相反的两方。所以陶渊明，十个字，中间不断开，成什么了？成十言诗了。这陶渊明的五言诗，成了十个字的诗了。这不是没办法了吗？那么，不能单纯把"而"字看成粘连的，还有相反的、隔离开的作用，到这个时候，是语意相反的时候，它可是又有粘连，又有分割的意思，所以有点语意的，还有点语气的。这个都是很精辟的，对于文字跟它密切相结合的标点、断句的作用是不能忽视的，值得探讨。

所以《礼记》说，念书要先懂得离经辨志。离开了古书的句，辨句是看他的意思，这个句子是什么意思，是怎么点法，可见离经跟辨别志向。这个志，可以说是学的人脑子的想法，也可以说是古书的原来的意思是什么。辨别哪个志，离哪个经，当然未必是那个经了。小孩儿先念经书了，所以离经辨志。

那么，如果两个名词搁在一块儿，一定要用一个顿号顿开，这个就麻烦了。比如我买个东西，说你上哪儿，我上大街上买个东西。这个东和西，是两个，那么我是买东，一个顿号，我买东、西。这个不行，东西是一个词。那么，《千字文》"天地玄黄"，这四个字是一个词，天、地、玄、黄，三个顿号，一个逗号，那么这还成《千字文》吗？你念"天地玄黄"，我绝不能念"天、地、玄、黄"。然后"寒来暑往"，那就又一个了，寒来一个顿号，暑往又一个逗号。这样子，不但不能使人了解明白词句，反而增加了许多的糊涂。所以我总想，现在的标点符号，对于现代的口语，完全可以用。但是，说我买东西，就不可以用。我们现在说整理古籍，标点古籍，这个逗号就不够用，不是不能用，而是不完全够用，例如"天地玄黄"，例如"而无车马喧"怎么办呢？这些都值得进一步研究，这些都是文字附属的，跟文字紧密相关联的。而现在讨论文字，讨论语言，还讨论注音，这个东西也是一个很大的问题。现在我们看到很多的文章，很少有人讨论这个标点符号。一方面是不应该随便讨论，因为这是国家的法令，要这么定，我没有任何意见。但是这个够不够，有没有补充的必要，这是另一个问题，补充还是应该的。

还有注音的问题。古代注音有许多种，直音，反切，有不够的地方，现在用国际音标。可是这注音也有一个商量的余地，究竟怎么注。汉语拼音先是预备改为拼音文字，后来改了，说明汉语拼音符号，只作拼音用，只做注音用，帮助念这个音，而不是把拼音做字用。

那么这个拼音，现在推行我也用。即一个音，实在是用拼音方便。可是有一样，拼音是要拼汉语，汉语有一个特点，有四声，汉语要是没有四声，就像外国人刚学中国话，没有调号不行。有一位我们的专家，就说，他发明了编码办法，然后他也创造许多的软件，然后我说，为什么没有调号，他说有调号不就穿靴戴帽了吗？我说你戴帽不戴帽，天冷你也光头出去吗？你穿靴不穿靴啊？他也得穿靴。我说，那么用拉丁字母说，i上面有点没点，j上面有点没点，连h、k都有一个套，甩出一个套去，j、g底下也都有一个套，这不是靴跟帽吗？这个靴子还很长，帽子还很小。不穿靴戴帽了，念起来都得念音平声。我对这个不理解。现在我不是说批评现代标点注音符号不好或者不对，我是觉得不够，还值得补充。拾遗补缺，是不是？这个拾遗，是群众贡献意见的一个意思。不是批评现在这个政策不对，法令不对。

这是关于文字形状之外，还跟它紧密附带的一个注音，一个标点。下面再说一说关于再进一步的书写之法，这就由语言文字这个角度走向了艺术的范围，走入艺术的一部分了，这就是书法问题。

书法，我们中国人叫它书法，这个话也不是很标准。古代正确的写得好的，值得够人取法的叫法书，表示够人效法。其次也有称它为书道的。什么道？比如说研究什么方法的，叫什么道，这也可以叫书道。也可以叫书法，书写的方法就是书法。而现在日本人用了一个词，叫书道，它的书道就是指的我们现在的书法。说书法也不太准确。为什么呢？书的方法。那么，我们已经写得了，我写了一张纸挂在那儿，说这是某某人的书法，不是，这是某某人的笔迹，书迹，笔的痕迹。不能说笔的方法。笔的方法，我真在那儿写，可以算书写的方法，在操作这个工程时叫作什么法，他已经做得了，恐怕就不能叫法了。宋朝有一个官署（将作监），叫李诫（将作监少监），（编撰了）《营造法式》，有法还有式。营造这个房子，怎么盖，用多少材，怎么做法，都有一定的规矩，这种叫法和式，方法和式样。我觉得写的字，写的一张，在那儿摆着，只能算字的痕迹，字迹，不能说笔迹。看看笔迹是不是这个人写的，不也叫笔迹吗？已经写成了，管它叫书法，这已经约定俗成，大家都习惯这么用，但是细想，这个也不太周密，也不太完全合理。

我就遇到这样的情形，比如说，用毛笔写字。古代人用三指握管，大家不明白，后来就讲出许多说法来。说三指握管，就是三个指头尖，捏这个笔。他不知道，古代人拿三只手指头握管跟现在拿钢笔一个样，还给它起个名，这样叫龙睛法，龙的眼睛似的，圆的。这样的三指握笔，叫凤眼法。这叫胡说八道法。拿笔，说要怎么样，人家是回环，要灵活，回转，有一个人叫何绍基，清朝后期的人，他有书，他前头刻着一个画的图，手腕子拿着笔这样写字，那还能写吗？这叫龙睛法，这叫凤眼法，我说他这叫猪蹄法。这是谁这么拿笔写啊。《东洲草堂集》都有记载这种东西。包括的就更新鲜了。要人拿起笔来，要想握碎此管，跟这笔管有什么仇啊？他要一捏就碎，你还写什么字啊？真凭实据不是我造谣，书里写着呢。所以有几个朋友来问我，说是我想写字，看什么书？我说你要写字，你就写字，你要临帖，就临帖，你要自己随便写，你自己随便写，你不要看书。他说那我什么时候看书，我说等到你要著书立说的时候，你再看书，他说怎么讲，我说你好抄。自己纯粹的心得有多少？还不是左抄右抄。嘉庆时候的包世臣做《艺舟双楫》。到康有为做《广艺舟双楫》。这种书是越说越悬，越说越迷糊，真要按这个做去就没法办了。所以我说要想研究，不用说学，就是我要探讨探讨。这个书法，是写字的一个部分。由实用到艺术，在这个之间就是书法。

所以我现在说，首先要把这些个胡说八道的，这些个玄妙的，故弄玄虚的说法一扫而光，我们直接去写去就完了。

从前人没法子，没有现在的照相、印刷这些个技术，只有把它刻出来，拿刀刻在石头上、木板上，刻出个字样子，照它来写。这个是没法子。但是有的人，看古代的笔画，两边剥落的痕迹，他写字就哆嗦。在笔道的旁边都成锯齿了。我说这是怎么回事啊？他就学古代碑刻剥落的样子。

还有刻图章。我们看秦印、汉印都是光光光溜溜的一笔。古代的铜埋在土里头，年代久了，脱落了。所以某派的刻印就在刻完之后，边上故意让他剥落，成了许多锯齿。他错误地理解了。

看墨迹。没有法看墨迹，没有好的办法看墨迹，没有好的表达墨迹的印刷版，那也没法子。现在我们有，不但这个字的笔画清楚，连纸的印色，花章的颜色，都印上，那太方便了。我们要多学看诗迹、墨迹，这还不够。我们看诗迹、墨迹的行书、草书居多，楷书比较少。真正楷书字，还得参考碑版。这也是不得已。但是碑版我们心里要明白，哪个是刀刻的，哪个是笔写的。心中有数就比较好办了。

元朝的赵孟頫说过一句话，说"书法以用笔为上"，它要加一个"而"，而皆自依序用功。次要的才是结字的问题。

所以说，文字的名称跟形状，与写的方法，跟到艺术范围里头怎么才叫写得好？有人说："你看，你评论评论，我这字够多少分？"我说没法评分。那真的没法评论。还有人说过，为什么我学得老不像，我说你不但不像，谁也像不了，要是一写就像，那签字在法律上就不能生效了。为什么呢？签字代表他个人。那么，我学张三，我学李四，他怎么老不像，我说，不但你不像，就是让张三李四再写一次，可以表现他的规律、写的手法，可是要他写出跟原来完全一样的字，也是不可能的。大家可以做个实验，自己写一篇字，挖去一个字，自己再写上那个字。人家一看就知道这个字是后来补上的。因为它不是一气写成的。如果诸位要是愿意可拿它消遣消遣，拿它做业余文娱活动。下棋还得两人，这写字一个人就可以练习了，就可以在那儿写了。毛笔可以练笔法，铅笔、钢笔都一样，挺有意思，写完了自己挂那儿欣赏欣赏也挺好的。

我觉得要是想研究，想拿它做文娱活动，我们姑且不说这个东西多神秘，多高尚，多么重要，就是说随便拿它做自己的文娱活动也是很好的一个活动，但是呢，自己不要被那些个神秘的理论给套进玄虚的境界里去。我今天只谈到这里。

（章正根据1995年在铁道部党校的录音整理）

▲ 慎思　一九九八年作　水墨纸本

前　言

古代论书法的文章，很不易懂。原因之一是所用比喻往往近于玄虚。即使用日常所见事物为喻，读者的领会与作者的意图，并不见得都能相符。原因之二是立论人所提出的方法，由于行文的局限，不能完全达意，又不易附加插图，再加上古今生活起居的方式变化，后人以自己的习惯去理解古代的理论内容，以致发生种种误解。

比喻的难解，例如"折钗股、屋漏痕"，大致是指笔画有硬折处和运笔联绵流畅，不见起止痕迹的圆浑处。"折钗股"又有作"古钗脚"的，便是全指圆浑了。用字尚且不同，怎么要求解释正确呢。

又例如：古代没有高桌，人都席地而坐，左手执纸卷，右手执笔，这时只能用前三指去执笔，有如今天我们拿钢笔写字的样式，这在敦煌发现的唐代绘画中见到很多。后人只听说古人用三指握管，于是坐在高桌前，从肘至腕一节与桌面平行，笔杆与桌面垂直，然后用三指尖捏着笔杆来写，号称古法，实属误解。

诸如此类的误解误传，今天从种种资料印证，旧说常有重新解释的必要。启功幼年也习闻过那些被误解而成的谬说，也曾试图重新做比较近乎情理的解释，不敢自信所推测的都能合理，至少是寻求合乎情理的探索。发表过一些议论，刊在与一些同好合作的《书法概论》中，向社会上方家求教。从这种探索而联系起对许多误传的剖析，有时记出零条断句，随时写出，没有系统。案头偶有花

论书札记

辑一　书虽小道　亦需镇定

笺，顺手抄录，也没想到过出版。

近承北京师范大学出版社的朋友从鼓励的意图出发，将要把这个小册拿去影印出版，使我在惭愧和感激的心情下有不得不做的两点声明：一是这里的一些论点，只是自己大胆探索的浅近议论，并没想"执途人以强同"。二是凡与传统论点未合处，都属我个人不见得成熟的理解，如承纠正，十分感谢。

一九九二年二月十五日

或问学书宜学何体，对以有法而无体。所谓无体，非谓不存在某家风格，乃谓无某体之严格界限也。以颜书论，多宝[1]不同麻姑[2]，颜庙[3]不同郭庙[4]。至于争坐、祭侄[5]，行书草稿，又与碑版有别。然则颜体竟何在乎，欲宗颜体，又以何为准乎。颜体如斯，他家同例也。

写字不同于练杂技，并非有幼工不可者，甚且相反。幼年于字且不多识，何论解其笔趣乎。幼年又非不须习字，习字可助识字，手眼熟则记忆真也。

作书勿学时人，尤勿看所学之人执笔挥洒。盖心既好之，眼复观之，于是自己一生，只能作此一名家之拾遗者。何谓拾遗？以己之所得，往往是彼所不满而欲弃之者也。或问时人之时，以何为断。答曰：生存人耳。其人既存，乃易见其书写也。

[1] 指《多宝塔碑》。

[2] 指《麻姑仙坛记》。

[3] 指《颜家庙碑》。

[4] 指《郭家庙碑》。

[5] 指《争座位帖》和《祭侄文稿》。

凡人作书时，胸中各有其欲学之古帖，亦有其自己欲成之风格。所书既毕，自观每恨不足。即偶有惬意处，亦仅是在此数幅之间，或一幅之内，略成体段者耳。距其初衷，固不能达三四焉。他人学之，藉使是其惬心处，亦每是其三四之三四，况误得其七六处耶。[1]

学书所以宜临古碑帖，而不宜但学时人者，以碑帖距我远。古代纸笔，及其运用之法，俱有不同。学之不能及，乃各有自家设法了事处，于此遂成另一面目。名家之书，皆古人妙处与自家病处相结合之产物耳。

风气囿人，不易转也。一乡一地一时一代，其书格必有其同处。故古人笔迹，为唐为宋为明为清，入目可辨。性分互别，亦不可强也。"虽在父兄，不能以移子弟。"[2] 故献不同羲，辙不同轨，而又不能绝异也，以此。

或问临帖苦不似，奈何？告之曰：永不能似，且无人能似也。即有似处，亦只为略似、貌似、局部似，而非真似。苟临之即得真似，则法律必不以签押为依据矣。

古人席地而坐，左执纸卷，右操笔管，肘与腕俱无着处。故笔在空中，可作六面行动，即前后左右，以及提按也。逮宋世既有高桌椅，肘腕贴案，不复空灵，乃有悬肘悬腕之说。肘腕平悬，则肩臂俱僵矣。如知此理，纵自贴案，而指腕不死，亦足得佳书。

赵松雪云，"书法以用笔为上，而结字亦须用工"[3]，窃谓其不然。试从法帖中剪某字，如八字、人字、二字、三字等，复分剪

[1] 宋代大书家米芾自书七言绝句二首，自注云："三四次写，间有一两字好，信书亦一难事。"按米氏自己写一百余字中，只自认为有一两个字好，约占百分之一。而不满意的却有百分之九十余。今人学古人书，不宜学其百分之九十余，岂不明显无疑。

[2] 曹丕《典论·论文》语。

[3] 见赵孟頫（号松雪）《兰亭十三跋》。

其点画。信手掷于案上，观之宁复成字。又取薄纸覆于帖上，以铅笔画出某字每笔中心一线，仍能不失字势，其理讵不昭昭然哉。

每笔起止，轨道准确，如走熟路。虽举步如飞，不忧蹉跌。路不熟而急奔，能免磕撞者幸矣。此义可通书法。

轨道准确，行笔时理直气壮。观者常觉其有力，此非真用膂力也。执笔运笔，全部过程中，有一着意用力处，即有一僵死处。此仆自家之体验也。每有相难者，敬以对曰，拳技之功，有软硬之别，何可强求一律。余之不能用力，以体弱多病耳。难者大悦。

运笔要看墨迹，结字要看碑志。不见运笔之结字，无从知其来去呼应之致。结字不严之运笔，则见笔而不见字。无恰当位置之笔，自觉其龙飞凤舞，人见其杂乱无章。

碑版法帖，俱出刊刻。即使绝精之刻技，碑如温泉铭[1]，帖如大观帖[2]，几如白粉写黑纸，殆无余憾矣。而笔之干湿浓淡，仍不可见。学书如不知刀毫之别，夜半深池[3]，其途可念也。

行书宜当楷书写，其位置聚散始不失度。楷书宜当行书写，其点画顾盼始不呆板。

所谓功夫，非时间久数量多之谓也。任笔为字，无理无趣，愈多愈久，谬习成痼。惟落笔总求在法度中，虽少必准。准中之熟，从心所欲，是为功夫之效。

又有人任笔为书，自谓不求形似，此无异瘦乙冒称肥甲。人识其诈，则曰不在形似，你但认我为甲可也。见者如仍不认，则曰你不懂。千翻百刻之《黄庭经》[4]，最开诈人之路。

[1]《温泉铭》唐太宗书，敦煌旧藏残本。

[2] 宋徽宗于大观年间重摹《淳化阁帖》之底本，刻工极精，今存残本数册。

[3] "盲人骑瞎马，夜半临深池"，为南朝人戏作"危语"之一。

[4] 宋人摹刻小楷《黄庭经》，原刻拓久模糊，翻刻失真极多。

仆于法书，临习赏玩，尤好墨迹。或问其故，应之曰：君不见青蛙乎？人捉蚊虻置其前，不顾也。飞者掠过，一吸而入口。此无他，以其活耳。

人以佳纸嘱余书，无一惬意者。有所珍惜，且有心求好耳。拙笔如斯，想高手或不例外。眼前无精粗纸，手下无乖合字，胸中无得失念，难矣哉。

或问学书宜读古人何种论书著作，答以有钱可买帖，有暇可看帖，有纸笔可临帖。欲撰文时，再看论书著作，文稿中始不忧贫乏耳。

笔不论钢与毛，腕不论低与高。行笔如"乱水通人过"，结字如"悬崖置屋牢"[1]。

主锋长，副毫匀。管要轻，不在纹。所谓长锋，非指毫身。金杖系井绳，难用徒吓人[2]。

笔箴一首赠笔工友人。

锋发墨，不伤笔。箧中砚，此第一。得宝年，六十七。一片石，几两屐[3]。

粗砚贫交，艰难所共。当欲黑时识其用。

砚铭二首旧作也。

一九八六年夏日，心肺胆血，一一有病。闭户待之，居然无恙。中夜失眠，随笔拈此。检其略整齐者，集为小册。留示同病，以代医方。

坚净翁启功时年周七十四岁矣。

[1] "乱水、悬崖"二句为杜甫诗中一联，此系借喻用笔宜稳，结字宜准。

[2] 此处指笔管用料贵轻，笔毫如是一束长毛而无肥腰锐锋，只能做刷子了。

[3] 古人着木屐，有人自叹人之一生能着几双木屐。"两"即双。

一、书画鉴定有一定的"模糊度"

古代名人书画有真伪问题，因之就有价值和价钱问题。我每遇到有人拿旧字画来找我看的时候，首先提出的问题，不是想知道它的优劣美恶，而常是先问真伪，再问值多少钱。又在一般鉴定工作中，无论是公家的还是私人的，又有许多"世故人情"掺在其间。如果查查私人收藏著录，无论是历代哪个大收藏鉴定名家，从孙承泽、高士奇的书以至《石渠宝笈》，其中的漏洞破绽，已然不一而足；即是解放后人民的文物单位所有鉴定记录中，难道都没有矛盾、混乱、武断、模糊的问题吗？这方面的工作，我个人大多参加过，所以有可得而知的。但"求同存异""多闻阙疑"，本是科学态度，是一切工作所不可免，并且是应该允许的。只是在今天，一切宝贵文物都是人民的公共财富，人民就都应知道所谓鉴定的方法。鉴定工作都有一定的"模糊度"，而这方面的工作者、研究者、学习者、典守者，都宜心中有数，就是说，知道有这个"度"，才是真正向人民负责。

鉴定方法，在近代确实有很大的进步。因为摄影印刷的进展，提供了鉴定的比较资料；科学摄影可以照出昏暗不清的部分，使被掩盖的款识重新显现，等等。研究者又在鉴定方法上更加细密，比起前代"鉴赏家"那套玄虚的理论、"望气"的办法，无疑进了几大步。但个人的爱好，师友的传习，地方的风尚，古代某种理论的影响，外国某种理论的比附，都是不可完全避免的。因之任何一位现今的鉴定家，如果要说没有丝毫的局限性，是不可能的。如说"我独无"，这句话恐怕就是不够科学的。记得清代梁章钜《制艺丛话》曾记一个考官出题为"盖有之矣"（见《论语》），考生作八股破题是"凡人莫不有盖"，考官见了大怒，批曰"我独无"。往下看起讲是："凡自言无盖者，其盖必大。"考官赶紧又将前边批语涂去。往下再看是："凡自言有盖者，其盖必多。"这是清代科举考试中的实事，足见"我独无"三字是不宜随便说的！

有人会问：怎么才更科学，或说还有什么更好的科学方法？我个人觉得首先是辩证法的深入掌握，然后才可以更多地泯除成见，虚心地尊重科学。其次是电脑的发展，必然可以用到书画鉴定方法的研究上。例如用笔的压力，行笔习惯的侧重方向，字的行距，画的构图以及印章的校对等等，如果通过电脑来比较，自比肉眼和人脑要准确得多。已知的还有用电脑测视种种图像的技术，更可使模糊的图像复原近真，这比前些年用红外线摄影又前进了一大步。再加上材料的凑集排比，可以看出其一家书画风格的形成过程，从笔力特点印证作者体力的强弱，以及他年寿的长短。至于纸绢的年代，我相信，将来必会有比"碳十四"测定年限更精密的办法，测出几百年中间的时间差异。人的经验又可与科学工具相辅相成。不妨说，人的经验是软件，或说软件是据人的经验制定的，而工具是硬件，若干不同的软件方案所得的结论，再经比较，那结论一定会更科学。从这个角度说，"肉眼一观""人脑一想"，是否"万无一失"，自是不言可喻的！

二、鉴定不只是"真伪"的判别

从古流传下来的书画，有许多情况，不只是"真""伪"两端所能概括的。如把真伪二字套到历代一切书画作品上，也是与情理不符合，逻辑不周延的。

譬如我们拿一张张三的照片说是李四，这是误指、误认；如说是张三，对了。再问是真张三吗？答说是的。这个"真"字、"是"字，就有问题了。照片是一张纸，真张三是个肉体，纸片怎能算真肉体？那么不怕废话，应该说是张三的真影、张三的真像等等才算合理。书画的"真""伪"者，也有若干成因，据此时想到的略举几例。

（一）古法书复制品：古代称为"摹本"：在没有摄影技术时，一件好法书，由后人用较透明的油纸、蜡纸罩在原迹上钩摹，摹法忠实，连纸上的破损痕迹都一一描出。这是古代的复制法，又称为"向拓"，并非有意冒充。后世有人得到摹本，称它为原迹，摹者并不负责的。

（二）古画的摹本：宋人记载常见有摹拓名画的事，但它不像法书那样把破损之处用细线勾出，因而辨认是不容易的。在今天如果遇到两件相同的宋画，其中必有一件是摹本，或者两件都是摹本。即使已知其中一件是摹本，那件也出宋人之手，也应以宋画的条件对待它。

（三）无款的古画，妄加名款：何以没有款？原因可能很多，既然不存在了，谁也无法妄加推测。但常见有人追问："这到底是谁画的？"这个没有理由的问题，本不值得一答。古画却常因此造成冤案：所谓"好事者"或"有钱无眼"的地主老财们，没名的画他便不要，于是谋利的画商，就给画上乱加名款。及至加了名款后，别人看见款字和画法不相应，便"鉴定"它是一件假画。这种张冠李戴的画，如把一个"假"字简单地派到它头上，是不合逻辑的。

（四）**拼配**：真画、真字配假跋，或假画、假字配真跋。有注重书画本身的人，商人即把真本假跋的卖给他；有注重题跋的人，商人即把伪本真跋的卖给他。还有挖掉小名头的本款，改题大名头的假款，如此等等。从故友张珩先生遗著《怎样鉴定书画》一书问世之后，陆续有好几位朋友撰写这方面的专著，各列例证，这里不必详举了。

（五）**直接作伪**：彻头彻尾的硬造，就更不必说了。

（六）**代笔**：这是最麻烦的问题，这种作品往往是半真半假的混合物。写字找人代笔，有的是完全不管代笔人风格是否相似，只有那个人的姓名就够了。最可笑的是旧时代官僚死了，门前竖立"铭旌"，中间写死者的官衔和姓名，旁边写另一个大官僚的官衔和姓名，下写"顿首拜题"，看那字迹，则是扁而齐的木刻字体，这是那个大官僚不会写的，就是他的代笔人什么文案秘书之类的人，也不会写，只有刻字工人才专能写它。这可算代笔的第一类。还有代笔人专门学习那位官僚或名家的风格，写出来，旁人是不易辨认的；且印章真确，作品实出那官僚或名家之手，甚至还有当时得者的题跋。这可算代笔的第二类，在鉴定结论上，已难处理。

至于画的代笔，比字的代笔更复杂。一件作品从头至尾都出代笔人，也还罢了；竟有本人画一部分，别人补一部分的。我曾见董其昌画的半成品，而未经补全的几开册页，各开都是半成品。我还曾看到过溥心畬先生在纸绢上画树木枝干、房屋间架、山石轮廓后即加款盖印的半成品，不待别人给补全就被人拿去了。可见（至少这两家）名人画迹中有两层重叠的混合物。还有原纸霉烂了多处，重裱补纸之后，裱工"全补"（裱工专门术语，即是用颜色染上残缺部分的纸地，使之一色，再仿着画者的笔墨，补足画上缺损的部分）。补缺处时，有时也牵连改动未损部分，以使笔法统一。这实际也是一种重叠的混合物。这可算代笔的第三类，在鉴定结论上更难处理。即以前边所举几例来看，"真伪"二字很难概括书画的一切问题，还有鉴定者的见闻、学问，各有不同，某甲熟悉某家某派，某乙就可能熟悉另一家一派。

还有人随着年龄的不同，经历的变化，眼光也会有所差异。例如恽南田记王烟客早年见到黄子久《秋山图》以为"骇心洞目"，乃至晚年再见，便觉索然无味，但那件画"是真一峰也"。如果烟客早年作鉴定记录，一定把它列入特级品，晚年作记录，恐要列入参考品了吧！我二十多岁时在秦仲文先生家看见一幅黄谷原绢本设色山水，觉得是精彩绝伦，回家去心摹手追，真有望尘莫及之叹。后在四十余岁时又在秦先生家谈到这幅画，秦先生说："你现在看就不同了。"及至展观，我的失望神情又使秦先生不觉大笑。这和《秋山图》的事正是同一道理，属于年龄与眼力同步提高的例子。

另有一位老前辈，从前在鉴定家中间公推为泰山北斗，晚年收一幅清代人的画。在元代，有一个和这清人同名的画家，有人便在这幅清人画上伪造一段明代人的题，说是元代那个画家的作品。不但入藏，还把它影印出来。我和王畅安先生曾写文章提到它是清人所画而非元人的制作。这位老先生大怒。还有几位好友，在中年收过许多好书画，及至渐老，却把真品卖去，买了许多伪品。不难理解，只是年衰眼力亦退而已。

我听到刘盼遂先生谈过，王静安先生对学生所提出研究的结果或考证的问题时，常用不同的三个字为答：一是"弗晓得"，一是"弗的确"，一是"不见得"。王先生的学术水平，比我们这些所谓"鉴定家"们（笔者也不例外）的鉴定水平（学术种类不同。这里专指质量水平），恐怕谁也无法说低吧？我现在几乎可以说：凡有时肯说或敢说自己有"不清楚""没懂得""待研究"的人，必定是一位真正的伟大鉴定家。

三、鉴定中有"世故人情"

鉴定工作，本应是"铁面无私"的，从种种角度"侦破"，按极公正的情理"宣判"。但它究竟不同于自然科学，"一加二是三"，"氢二氧一是水"，即使赵政、项羽出来，也无法推翻。而鉴定工作，则常有许许多多社会阻力，使得结论不正确、不公平。不正不公的，固然有时限于鉴者的认识，这里所指的是"屈心"作出的一些结论。因此我初步得出了八条：一皇威、二挟贵、三挟长、四护短、五尊贤、六远害、七忘形、八容众。前七项是造成不正不公的原因，后一种是工作者应自我警惕保持的态度。

（一）**皇威**。是指古代皇帝所喜好、所肯定的东西，谁也不敢否定。乾隆得了一卷仿得很不像样的黄子久《富春山居图》，作了许多诗、题了若干次。后来得到真本，不好转还了，便命梁诗正在真本上题说它是伪本。这种瞪着眼睛说谎话的事，在历代最高权力的集中者皇帝口中，本不稀奇；但在真伪是非问题上，却是冤案。

康熙时陈邦彦学董其昌的字最逼真，康熙也最喜爱董字。一次康熙把各省官员"进呈"的许多董字拿出命陈邦彦看，问他这里边有哪些件是他仿写的，陈邦彦看了之后说他自己也分不出了，康熙大笑（见《庸闲斋笔记》）。自己临写过的乃至自己造的伪品，焉能自己都看不出。无疑，如果指出，那"进呈"人的"礼品价值"就会降低，陈和他也会结了冤家。说自己也看不出，又显得自己书法"乱真"。这个答案，一举两得，但这能算公平正确的吗？

（二）**挟贵**。贵人有权有势有钱，谁也不便甚至不敢说"扫兴"的话，这种常情，不待详说。最有趣的一次，是笔者从前在一个官僚家中看画，他首先挂出一条既伪且劣的龚贤名款的画，他说："这一幅你们随便说假，我不心疼，因为我买的最便宜（价最低）。"大家一笑，也就心照不宣。下边再看多少件，都一律说是真品了。

（三）**挟长**。前边谈到的那位前辈，误信伪题，把清人画认为元人画。王畅安先生和我惹他生气，他把我们叫去训斥，然后说："你们还淘气不淘气了？"这是管教小孩的用语，也足见这位老先生和我们的关系。我们回答："不淘气了。"老人一笑，这画也就是元人的了。

（四）护短。一件书画，一人看为假，旁人说他真，还不要紧，至少表现说假者眼光高、要求严。如一人说真，旁人说假，则显得说真者眼力弱、水平低，常致大吵一番。如属真理所在的大问题，或有真凭实据的宝贝，即争一番，甚至像卞和抱玉刖足，也算值得，否则谁又愿惹闲气呢？

（五）尊贤。有一件旧仿褚遂良体写的大字《阴符经》，有一位我们尊敬的老前辈从书法艺术上特别喜爱它。有人指出书艺虽高但未必果然出于褚手。老先生反问："你说是谁写的呢？谁能写到这个样子呢？"这个问题答不出，这件的书写权便判归了褚遂良。

（六）远害。旧社会常有富贵人买古书画，但不知真伪，商人借此卖给他假物，假物卖真价当然可赚大钱。买者请人鉴定，商人如果串通常给他鉴定的人，把假说真，这是骗局一类，可以不谈。难在公正的鉴定家，如果指出是伪物，买者"退货"，常常引鉴者的判断为证，这便与那个商人结了仇。曾有流氓掮客，声称找鉴者寻衅，所以多数鉴定者省得麻烦，便敷衍了事。从商人方面讲，旧社会的商人如买了假货，会遭到经理的责备甚至解雇；一般通情达理的顾客，也不随便闲评商店中的藏品。这种情况相通于文物单位，如果某个单位"掌眼"的是个集体，评论起来，顾忌不多；如果只有少数鉴家，极易伤及威信和尊严，弄成不愉快。

（七）**忘形**。笔者一次在朋友家聚集看画，见到一件佳品，一时忘形地攘臂而呼："真的！"还和旁人强辩一番。有人便写给我一首打油诗说："独立扬新令，真假一言定。不同意见人，打成反革命。"我才凛然自省，向人道歉，认识到应该如何尊重群众！

（八）**容众**。一次外地收到一册宋人书札，拿到北京故宫嘱为鉴定。唐兰先生、徐邦达先生、刘九庵先生，还有几位年轻同志看了，意见不完全一致，共同研究，极为和谐。为了集思广益，把我找去。我提出些备参考的意见，他们几位以为理由可取，就定为真迹，请外地单位收购。最后唐先生说："你这一言，定则定矣。"不由得触到我那次目无群众的旧事，急忙加以说明，是大家的共同意见，并非是我"一言堂"。我说："先生漏了一句：'定则定矣'之上还有'我辈数人'呢。"这两句原是陆法言《切韵序》中的话，唐先生是极熟悉的，于是仰面大笑，我也如释重负。颜鲁公说："齐桓公九合诸侯，一匡天下，葵丘之会，微有振矜，叛者九国。故曰行百里者半九十里，言晚节末路之难也。"这话何等沉痛，我辈可不戒哉！

以上诸例，都是有根有据的真人真事。仿章学诚《古文十弊》的例子，略述如此。坚持真理是社会主义的新道德；迁就世故是旧社会的残余意识。在今天还有贯彻新道德的余地的情况下，注意讲求，深入贯彻，仍是建设精神文明的一个重要环节，也是值得今天作鉴定工作的同志们共勉的！

尅念作聖

景行維賢

《千字文》句——景行維賢　二十世紀七十年代作　水墨纸本

一

谈起这方面的事，首先碰到书法问题。

中国的汉字，虽然有表形、表声、表意种种不同的构成部分，但总的称为——可以姑且叫作——"方块字"，辨认起来，仍是以这整块形状为主。因此这种形状的语言符号的书写，便随着中国（包括汉族和用汉字的各族人民）的文化发展而日趋美化。所以凡用这种字体的民族，都在使用过程中把写法美化放在一个重要位置。

这个道理并不奇怪，即便是使用拼音符号的字种，也没见有以特别写得不好看为前提的，同时生活习惯不同的民族之间，他们文化传统不同，不能相比，也不必硬比。比方西洋人不用筷子吃饭，而筷子并没失去它在用它的民族中的作用和地位。又如不是手写的字，像木刻板本或铅字印模，尚且有整齐、清晰、美观这些最起码的要求。就像纯粹用声音的口头语言，也还要求字音语调的和谐。我们人类没有一天离得开文字，它是人类文化的标帜，是社会生活中一个重要的交际工具，和服装、建筑、器具等一样，有它辉煌的历史，并且人类对它有美化的迫切要求。

当然，只为了追求字体的美观，以致妨碍书写的速度及文字及时表达思想的效用，是"因噎废食"，是应该反对的。同时所谓书法美的标准，虽在我们今天的观点下，也可能有某些好恶的不齐，但是那些不调和的笔画和使人认不清的字形，总归不会受人欢迎。

难道专写过分难辨的字，使读稿或排字的人花费过多的猜度时间，可以算得艺术的高手吗？

有人说汉字正在改革简化，逐渐走上拼音化的道路，人们都习用钢笔，还谈什么书法！其实这是不相悖触的。研究成为文化遗产和历史资料的古人书写遗迹，和文字改革固不相妨，而且将来每字即便简化到一点一划，以及只用机器记录，恐怕在点划之间未尝没有美丑的区别，何况简体或拼音符号还不见得都是一个点儿或一个零落的笔道儿呢？

以前确也有些人把书法说得过分神秘：什么晋法、唐法，什么神品、逸品，以及许多奇怪的比喻（当然如果作为一种专门技术的分析或评判的术语，那另是一回事，只是以此要求或教导一切使用汉字的人，是不必要的）；在学习方法上，提倡机械的临摹或唯心的标准；在搜集范本、辨别时代上的烦琐考证，这等等现象使人迷惑，甚至引人厌恶。从前有人称碑帖拓本为"黑老虎"，这个语词的涵义，是不难寻味的。但我们不能因此迁怒而无视法书墨迹和碑帖本身的真正价值。相反的，对于如何批判地接受这宗遗产，在书写上怎样美化我们祖国的汉字，在研究上怎样充分利用这些遗物，并给它们以恰当的评价，则是非常重要的。

二

对于书法这宗遗产的精华，在今天如何汲取的问题，不是简单篇幅所能详论，现在试就墨迹和碑帖谈一下它们的艺术方面、文献方面的价值和功用。

法书墨迹和碑帖的区别何在？法书这个称呼，是前代对于有名的好字迹而言。墨迹是统指直接书写（包括双钩、临、摹等）的笔迹，有些写得并不完全好而由于其他条件被保存的。以上算一类。碑帖是指石刻和它们的拓本。这两种，在我们的文化史上都具有悠久传统和丰富的数量。先从墨迹方面来看：

殷墟出土的甲骨和玉器上就已有朱、墨写的字，殷代既已有文字，保存下来，并不奇怪，可惊的是那些字的笔画圆润而有弹性，墨痕因之也有轻重，分明必须是一种精制的毛笔才能写出的。笔画力量的控制，结构疏密的安排，都显示出写者具有深湛的锻炼和丰富的经验。可见当时书法已经绝不仅仅是记事的简单符号，而是有美化要求的。战国帛书、竹简的字迹，更见到书写技术的发展。至于汉代墨迹，近年出土更多，我们从竹简、陶器以及纸张上看到各种不同用途、不同风格的字迹：精美工整的"名片"（"春君"等简）；仓皇中的草写军书；陶制明器上公文律令式的题字；简册上抄写的古书籍（《论语》《急就章》等）等。笔势和字体都表现不同的精神，使我们很亲切地看到汉代人一部分生活风貌。

汉以后的墨迹，从埋藏中发现的更多。先就地上流传的法书真迹来看：从晋、唐到明、清，各代各家的作品，真是五光十色。书法的美妙，自然是它们的共同条件之一，而通过各件作品，不但可以看到写者以及他所写给的对方的形象，还可以提供我们了解古代社会生活多方面的资料。至于因不同的用途而书写成不同的字体，不同的时代有不同的书风，更可以作考古和文物鉴别上许多有力的证据。

举故宫博物院现存的藏品为例：像张伯驹先生捐献的一批古法书里的陆机《平复帖》，以前人不太细认那些字，几乎视同一件半磨灭的古董，现在看来，他开篇就说："彦先嬴瘵，恐难平复。"陆机的那位好友贺循的病况消息，仿佛今天刚刚报到我们耳边，而在读过《文赋》的人，更不难联想到这位大文豪兼理论家在当时是怎样起草他那些不朽作品的。王珣《伯远帖》、王献之《中秋帖》，在当时不过是一封普通的信札，简单和程度，仿佛现在所写的一般"便条"，但是写得那样讲究，一个个的字都像是有血有肉有个性的人物。这种书札写法的传统，直到近代还没有完全失掉。较后的像五代杨凝式《夏热帖》和宋代苏轼、米芾，元代赵孟頫等名家所写的手札，不但件件精美，即在流传的他们的作品中，都占绝大数量。这种手札历代所以多被人保存，原因当然很多，其一便是书法的赏玩。

文学作家亲笔写的作品，我们读着分外能多体会到他们的思想感情。从唐杜牧的《张好好诗》，宋范仲淹的《道服赞》，林逋、苏轼、王诜等的自书诗词里看到他们是如何严肃而愉快地书写自己的作品。黄庭坚的《诸上座帖》，是一卷禅宗的语录，虽然是狂草所书，但那不同于潦草乱涂，而是纸作氍毹，笔为舞女，在那里跳着富有旋律、转动照人的舞蹈。南宋陆游自书诗，从自跋里看到他谦词中隐约的得意心情，字迹的情调也是那么轻松流丽，诵读这卷真迹时，便觉得像是作者亲手从旁指点一样。这又不仅止书法精美一端了。再像张即之寸大楷字的写经，赵孟頫写的大字碑文或长篇小楷，动辄成千累万的字，则首尾一致，精神贯注，也看见他们的写字功夫，甚至可以恭维一下他们的劳动态度。

至于双钩临摹，虽不是原来的真迹，但钩摹忠实的仍有很高的价值。像王羲之的《兰亭序》，原本早已不存，而故宫博物院所藏有"神龙"半印的那卷，便是唐人摹本中最好的一个。无论"行气""笔势"的自然生动，就连墨色都填出浓淡的分别。大家都知道王羲之原稿添了"崇山"二字，涂了"良可"二字，还改了"外、于今、哀、也、作"六字为"因、向之、痛、夫、文"，现在从这个摹本上又见到"每览昔人兴感之由"的"每"字原来是个"一"字，就是"每"字中间的一大横划，这笔用的重墨，而用淡墨加上其他各笔。在文章的语言上，"一览"确是不如"每览"所包括的时间广阔，口气灵活而感情深厚。所以说，明明是复制品，也有它们的价值。同时著名作家的手稿，虽然涂改得狼藉满纸，却能透露他们构思的过程。甚至有人说，越是草稿，书写越不矜持，字迹越富有自然的美。所以纵然涂抹纵横的字纸，也不宜随便轻视，而要有所区别。

怎么说书法上能看出书者的个性呢？即如"十年一觉扬州梦，赢得青楼薄幸名"的杜牧，笔迹也是那么流动；而能使"西贼闻之惊破胆"的范仲淹，笔迹便是那么端重；佯狂自晦的杨疯子（凝式），从笔迹上也看到他"抑塞磊落"的心情；玩世不恭的米颠（芾），最擅长运用毛笔的机能，自称为"刷字"，笔法变化多端，而且写着写着，高兴起来便画个插图，如《珊瑚帖》的笔架。这把戏他还不止搞过一次，相传他给蔡京写信告帮求助，说自己一家行旅艰难，只有一只小船，随着便画一只小船，还加说明是"如许大"，使得蔡京啼笑皆非。至于林逋字清疏瘦劲；苏轼字的丰腴开朗，而结构上又深深表现出巧妙的机智。这等等例子，真是数不完的。尤其是人民所景仰的伟大人物，他们的片纸只字，即使写得并不精工，也都成了巍峨的纪念塔。像元代农民保存文天祥字的故事，便是一个例证。

三

　　谈到碑帖，碑、帖同是石刻，而有区别。分别并不在石头的横竖形式，而在它们的性质和用途。刻碑（包括墓志等）的目的主要是把文词内容告诉观者，比如名人的事迹、名胜的沿革，以及政令、禁约等。这上边书法的讲求，是为起美化、装饰甚至引人阅读、保存作用的。帖则是把著名的书迹摹刻流传的一种复制品。凡碑帖石刻里当然并不完全是够好的字，从前"金石家"收藏多是讲求资料，"鉴赏家"收藏多是讲求字迹、拓工。我们现在则应该兼容并包，一齐重视。

　　先从书法看，古碑中像唐宋以来著名的刻本，多半是名手所写，而唐以前的则署名的较少，但字法的精美多彩，却是"各有千秋"。帖更是为书法而刻的，所以碑帖的价值，字迹的美好，先占一个重要地位。

　　其次刻法、拓法的精工，也值得注意，看从汉碑到唐碑原石的刀口，是那么精确，看唐拓《温泉铭》几乎可以使人错认为白粉所写的真迹。古代一般的碑志还是直接写在石上，至于把纸上的字移刻到石上去就更难了，从油纸双钩起到拓出、装裱止，要经过至少七道手续，但我们拿唐代僧怀仁集王羲之字的《圣教序》、宋代的《大观帖》、明代的《真赏斋帖》《快雪堂帖》等来和某些见到墨迹的字来比较，都是非常忠实，有的甚至除了墨色浓淡无法传出外，其余几乎没有两样。这是我们文化史、雕刻史、工艺史上成就的一个组成部分，是不应该忽视的。

碑帖的文献性（或说资料性）是更大的。用"石经"校经，用碑志证史、补史，以及校文、补文的，前代早已有人注意做过，但所做的还远远不够。何况后来继续发现的愈来愈多！例如：唐欧阳询写的《九成宫醴泉铭》的"高阁周建，长廊四起"的"四"字，所传的古拓本都残损了下半，上边还有一个泐痕，很像"穴字头"。（翻造伪本，虽有全字，而不被人相信）于是有人怀疑也许是"突起"吧？我也觉得有些道理。最近张明善先生捐献国家一册最早拓本，那"四"字完整无缺，回想起来，所猜十分可笑，"长廊"焉能"突起"呢？这和唐摹兰亭的"每"字正有同类的价值（而这本笔画精神的丰满更是说不尽的），古拓本是如何的可贵！

其次像唐李邕写的《岳麓山寺碑》，到了清代，虽然有剥落，而存字并不太少。清修《全唐文》把它收入，但字数竟自漏了若干。所以一本普通常见的碑，也有校订的用处。又如其他许多文学家像庾信、贺知章、樊宗师等所撰的墓志铭，也都有发现，有的和集本有异文，有的便是集外文，如果把无论名家或非名家的文章一同抄录起来，那么"全各代文"不知要多出多少！还有名家所写的，也有新发现，在书法方面，即非名家所写，也常多有可观的。即是不够好的，也何尝不可作研究书法字体沿革的资料呢！

至于从碑志中参究史事的记录，更是非常重要，也多到不胜列举，姑且提一两个：欧阳修作《五代史》不敢给他立传的"韩瞠眼"（通），到了元代修《宋史》才被表彰，列入"周三臣传"，而他们夫妇的墓志近年出土，还完好无缺。这位并不知名的撰文人，真使欧阳公向他负愧。又如"旗亭画壁"的诗人王之涣，到今天诗止剩了六首，事迹也茫无可考，已经不幸了。而旗亭这一次吐气的事，又还被明胡应麟加以否定，现在从他的墓志里得到有关诗人当日诗名和遭遇的丰富材料。

至于帖类里，更是收罗了无数名家、多种风格的字迹。从书法方面看，自是丰富多彩。尤其许多书迹的原本已经不存，只靠帖来留下个影子。再从它的文献性（或说资料性）方面，也是足以惊人的。宋代的《钟鼎款识》帖，刻了许多古金文，《甲秀堂帖》缩摹了《石鼓文》，保存了古代的金石文字资料。又如宋《淳熙秘阁续帖》所刻的李白自写的诗，龙蛇飞舞，使我们更得印证了诗人的性格。白居易给刘禹锡的长信，也是集外的重要文章。《凤墅帖》里刻有岳飞的信札，是可信的真笔。其他名人的集外诗文，或不同性质的社会史、艺术史的资料更是丰富，只看我们从什么角度去利用罢了。我常想：假如把历代的墨迹和石刻的书札合拢起来，还不用看书法，即仅仅抄文，加以研究，已经不知有多少珍奇宝贵的矿藏了。

从墨迹上可以看到书写的时代特征，碑帖上的字迹自然也不例外，同时刻法上也有各时代的风气。两方面结合起来看，条件更加充足，这在对文物的时代鉴定上是极关重要的一个环节。比如试拿敦煌写本看，各朝代都有其特点，即仅以唐代一朝，初、盛、中、晚也不难分别。现在常听到从画风上研究敦煌画的各个时代，这自然重要，其实如果把画上题字的书法特点来结合印证，结论的精确性自必更会增强的。再缩小到每个人的笔迹，如果认清他的个性，不管什么字、什么体，也能辨别。要不，为什么签字在法律上会能够生效呢？

四

总起来说，书法的技艺、法书墨迹、碑帖的原石和拓本这一大宗遗产，是非常丰富而重要，研究整理的工作在我们的文化事业中关系也是很大。我个人不成熟的看法，以为这方面大家应做、可做而且待做的，至少有三点：

（一）**书法的考查**。分析它的发展源流，影印重要墨迹、碑帖，以供参考。

（二）**文字变迁的研究**。整理记录各代、各体以至各个字的发展变迁，编成专书。

（三）**文献资料的整理**。将所有的法书墨迹（包括出土的古文件）、碑帖（包括甲骨、金文）逐步地从编目、录文，达到摄影、出版。

当然这绝非一朝一夕和一人所能做到的事，但是问题不在能不能，而在做不做。现在对于书法有研究的人，是减多增少，而碑帖拓本逃出"花炮作坊"渐向不同的各地图书文物的库房集中，这是非常可喜的。但跟着发生的便是利用上如何方便的问题，当然今天在人民的库房中根本上绝不会"岁久化为尘"，只是能使得向科学进军的小卒们不至于望着有用的资料发生"盈盈一水间，脉脉不得语"的感觉，那就更好了！

辑二

透过刀锋
看笔锋

最近，我国应日本的邀请，选择河南省保存着的汉画像石和古代碑刻的部分拓本，到日本展出。这些都是具有代表性的精美作品。现在就其中碑刻部分谈一谈古代的石刻书法艺术。

石刻文字，是中国历史文化中的一大宗宝贵遗产。在中国的古代石刻文字中，碑志占了绝大多数。人们常常统称为"碑刻"。这种碑刻遍布全国各个地区，从中原腹地到遥远的边疆，几乎没有哪一个省、区没有的。

这些古代的碑刻，绝大多数是历代封建统治者按照他们的需要而写刻的。它的内容，我们自然需要批判地对待。但是，它也保存了不少有价值的古代阶级斗争和生产斗争的历史资料。更普遍为人重视的，是由这些碑刻保留下来的极其丰富的古代书法艺术。我们试看宋代欧阳修的《集古录》，这是古代著录金石最早的一部书，其中固然谈到了有关史事、文词等方面，但有很多处是涉及书法的。又如清末叶昌炽的《语石》，是从种种角度介绍古代石刻的一部书，其中谈到时代、地区、碑石的形状、所刻的内容、书家、字体以及摹拓、装裱，可称详细无遗了。但在卷六的一条中，作者说：

> 吾人搜访著录，究以书为主，文为宾……若明之弇山尚书（王世贞）辈，每得一碑，惟评骘其文之美恶，则嫌于买椟还珠矣。

可见他收藏石刻拓本的动机，仍然是从书法出发的。

中国自商周至现代，各种书法一直在发展、变化、革新、进步。从形式方面讲，有篆、隶、草、真、行种种字体。在艺术风格方面，各个不同时代乃至各个不同的书家又各有其特点，这便构成了书法艺术史上繁荣灿烂的局面。可是，由于年代的久远，这些书法的真迹存留到今天的已经极少，有些只有从一些碑刻中才能见到它们的面目。所以，碑刻不但是珍贵的历史文物，而且又是一座灿烂夺目的艺术宝库。

特别值得提出：在看碑刻的书法时，常常容易先看它是什么时代、什么字体和哪一书家所写，却忽略了刻石的工匠。其实，无论什么书家所写的碑志，既经刊刻，立刻渗进了刻者所起的那一部分作用（拓本，又有拓者的一部分作用）。这些石刻匠师，虽然大多数没有留下姓名，却是我们永远不能忽略的。

古代碑刻的写和刻的过程是：先用朱笔写在石面上（因为石面颜色灰暗，用朱笔比较明显），称为"书丹"；然后刻工就在字迹上刊刻。最低的要求是把字迹刻出，使它不致磨灭；再高的要求便要使字迹更加美观。因此，书法有高低，刻法有精粗，在古代碑刻中便出现种种不同的风格面貌。这种通过刊刻的书法，一般有两种类型：一种是注意石面上刻出的效果，例如方棱笔画，如用毛笔工具，不经描画，一下绝对写不出来。但经过刀刻，可以得到方整厚重的效果。这可以《龙门造像》为代表。一种是尽力保存毛笔所写点画的原样，企图摹描精确，作到"一丝不苟"，例如《升仙太子碑额》等。但无论哪一类型的刻法，其总的效果，必然都已和书丹的笔迹效果有距离、有差别。这种经过刊刻的书法艺术，本身已成为书法艺术中的另一品种。它在书法史上，数量是巨大的，影响是广泛而深远的。

河南地区，是殷、东周和后来的东汉至北宋王朝的政治文化中心，这里留下的碑刻也是比较丰富的。按碑刻的种类，随着它的内容和用途，本有多种，但其中主要以碑铭、造像记、墓志铭为大宗。下面所谈河南地区自汉至元的各体书法，即从笔写与刀刻结合的效果来考查。所举的例子，也涉及展品以外的碑刻。

古代碑志，在元代以前都是在石上"书丹"，大约到元代才出现和刻帖方法一样的写在纸上，摹在石上，再加刊刻的办法。古代既然是直接写在石上，那么原来的墨迹和刻后的拓本便永远无法对照比较了。相传曹魏《王基碑》当时只刻了一半就埋在土中，清代出土时发现另一半还是未刻的朱笔字迹，这本是极好的对照材料。但即使这半个碑上朱书字迹幸未消灭，也仍然不能代替其他石刻的比较研究。所以我们今天作这方面的研究，只好就字体风格相近的古代墨迹和石刻作品来比较了。

在河南的碑刻中，篆、隶、草、真、行五种字体都各有精品。下面试按类作初步的评述：

篆类中所谓"蝌蚪"一体，原是"古文"类手写体的，它的点画下笔重，收笔尖，这在《正始石经》中的"古文"一体表现得最突出。但我们从近代出土的许多殷代甲骨、玉器上朱笔、墨笔书写的字迹和战国竹简上墨写的这类"蝌蚪"字迹来比较，不难看到《正始石经》上的"古文"笔法的灵活变化方面，当然有不如墨迹的地方，但每字之间风格是那么统一，许多尖锋的笔画，刻在碑石上，经过多年的风雨侵蚀和捶拓磨损，仍然不失它的风度，这不能不使我们钦佩这些写者和刻者手法的精妙。

至于"小篆"一体的特点，在于圆转匀称。它的点画，又多是一般粗细。写的碑版中，似乎不易表现什么宏伟的气魄，其实却并不如此。例如《袁安碑》，即字形并不写得滚圆，而把它微微加方，便增加了稳重的效果。这种写法，其实自秦代的刻石，即已透露出来，后来若干篆书的好作品，都具有这种特点。像《正始石经》中小篆一体，也是如此。后来的不少碑额、志盖，这种特点常常是更为突出。河南石刻中还有特别受人重视的一件篆书，即是李阳冰所写《崔佑甫墓志盖》。李氏是唐代篆书大家，被人称为可以直接秦代李斯笔法的。唐人贾耽题李阳冰碑后云：

（李）斯去千载，（李阳）冰生唐时，冰今又去，后来者谁？后千年有人，吾不得知之；后千年无人，当尽于斯。呜呼郡人，为吾宝之！

可见他的篆书在当时声价之高。但他传世的篆书碑版，多数已经磨损，或经翻刻。这件崭新的志盖，却是光彩射人，笔法刀法都十分精美。传世李阳冰的篆字，以福州《般若台题名》为最大，以张从申书《李玄静碑》中"李阳冰篆额"款字一行为最小，至于北宋的《嘉祐二体石经》，里边"小篆"一体，和《李碑》那几个字大小相等，而它的气势开张，并不缩手缩脚，这比之李阳冰，不但并无逊色，而且是一种新的境界。《嘉祐二体石经》中篆书中有章友直所写的一部分，我们再拿故宫所藏唐人《步辇图》后章氏用篆书所写的跋尾墨迹来比，更觉得石刻字迹效果的厚重。从前讲书法的人，常常以为后人赶不上前人，现在从《袁安碑》《崔佑甫墓志盖》到《宋石经》来看篆书的发展，分明见到后者未必逊于前者。对旧时代的评书观点，正是一个有力的反驳。同时也算给那位贾耽一个满意的答复，即"后千年有人"！

隶书，最初原是小篆的简便写法。把圆转的笔迹，改成方折。原来连续不断处，大部分拆开；再陆续加工。点画都具备了固定的样式和轻重姿态。这便是今天所见的"汉隶"。河南原有许多汉碑，像《孔宙碑》《韩仁铭》等，常为书家所称道，但新中国成立后出土的《张景碑》从书法艺术水平上讲，实属"后来居上"。按汉隶字体的点画，多是在定型中有变化，因字立形，并没有死板的写法，又能端重统一。今天我们看到的汉代简牍墨迹极多，也有许多和某些碑刻字体一致的，但它们之间的艺术效果，是究竟有所不同的。往下看去，曹魏时的《受禅表》《上尊号碑》等，便渐趋方整，变化也比较少了。这大概是因为这个时期日常通用的字体，已渐渐进入真书（又称"今隶""正书""楷书"）的领域，汉隶是在特定的场合应用的，所以也是作为一种特定的字体来书写的。到了晋代人所写汉隶字体，又有变化，大的像《三临辟雍碑》，小的像《徐义墓志》那一类的晋隶，虽然笔画比较灵活，但似用一种扁笔所写，这大概是为了达到某种效果而改制了书写工具。到了唐代，隶体出现了一次大革新，它的点画尽力遵用汉碑的笔法，要求圆润而有顿挫。结字比汉隶稍微加高，多数成为正方形。在用笔和结体上，都成为唐隶的特有风格。后世喜好"古朴"风格的，常常轻视唐隶。但一种字体，随着时代的变迁，是不能不变的。自汉代以后，各时代都有新的探索。从具体的作品看，也有较优较差的不同。唐代人用隶书体，是使用旧字体，但能在汉隶的基础上开辟途径，追求新效果，不能不说是一种创新。我们试看徐浩写的《嵩阳观碑》和他的儿子徐珙写的《崔佑甫墓志》，这些碑和志的书法就给人以整齐而不板滞，庄严而又姿媚的感觉。如果按汉隶的尺度来要求唐人，当然不会符合，但从隶书的发展来看，唐隶毕竟算是一种创造。

草书原有"章草""今草"之分。"章草"是汉代人把当时的隶书简写、快写而成的。"今草"是晋代以来的人逐步把"真书"简写、快写而成的。章草不但字形结构和点画姿势与今草有不同，而字与字之间常常独立而不牵连，也是章、今差别中的一种突出的现象。

草书到了唐代，已是今草的世界，唐人写章草本来只是模拟一种古体罢了。河南的《升倦太子碑》却有出人意表的现象。首先，用草体写碑文，在这以前是没有的，它是一个创例。其次这碑上的草字从偏旁结构到点画形态都属于今草的范畴，而从前却有人误认它为章草，或说它有章草笔法，这是为什么呢？按这个碑文有横竖方格，每字纳入格中，因而字字独立，并无牵连的地方，便与章草的体势十分接近。再次是字形分寸比一般简札加大，又是写碑，用笔就更不能不特加沉重。最后看到刻工刀法的精确，每笔起伏俱在，拓出来看，白色一律调匀，那些光滑石面上墨色浓淡不匀的痕迹一律改观。我们试把日本保存着的唐代贺知章草书《孝经》和这个碑中字迹相比，可以看出二者之间是多么相似。但《孝经》的艺术效果却远远不如碑字的雄厚。这固然由于《孝经》字迹较小，墨色浓淡不匀，而碑字既大，又经刻、拓，所以倍觉醒目。可见刻工的作用，不能不列入每件碑刻艺术品的成功因素之内。

真书是从隶书演变来的。结构比隶书更加轻便，点画比隶书更加柔和。从较繁密的笔画中减削笔画，也非常方便，而其形体并不因减笔而有所损伤。端庄去写，便是真书；略加连贯，便是行书。在如此优越的条件下，真书一体从形成后直到今天，一直被用作通行的字体。

真书的艺术风格，每个时代都有不同，但在它作为一种特定的文字形态也就是一种"字体"来讲，成熟约在晋唐之间。

这种字体的艺术风格的发展，大体有两大阶段，一是南北朝到隋，一是唐代和以后。前一时期，真书的结构写法，逐步趋于定型，例如横画起笔不向下扣，收笔不向上挑等。但这时究竟距离用隶书的时间尚近，人们的手法习惯以至书写工具的制作方法上，都存留前代的影响较深，所以虽然是写真书，而这种真书字迹中往往自然地含有隶书的涩重味道，甚至还有意无意地保存着某些隶书笔画。我们仔细分析它们的艺术结构，是常常随着字形的结构而自然地来安排笔画的，例如：哪边偏旁笔画较多，便把它写密一点。并不把一字中的笔画平均分配，所以清代邓石如形容这类结体说："字画疏处可以走马，密处不使透风。"我们又看到北碑结字常把一个字的重心安排偏上，字的下半部常使宽绰有余，架势比较庄重稳健。再加上刻工刀法的方整，又增添了许多威严的气氛。这在北魏的碑铭墓志中是随处可见的。例如《嵩高灵庙碑》《元怀墓志》《元诠墓志》《龙门造像》以及宋代重摹的《吊比干文》等，都可以充分地说明这一点。

在清朝中叶以来，许多书家由于厌薄"馆阁体"的书风，想从古碑刻中找寻新的途径，于是群起研习北朝书法，特别是北魏的书法。包世臣著《艺舟双楫》更作了大力的鼓吹。当时古代墨迹发现极少，大家所能见到的只有碑刻，于是有人在北碑中经过刀刻的笔画上寻求"笔法"。例如包世臣在《艺舟双楫·述书上》里记述他的朋友黄乙生的话说："唐以前书，皆始艮终乾，南宋以后书，皆始巽终坤。"我们知道古代把"八卦"配合四方的说法是西北为乾，东北为艮，东南为巽，西南为坤。这里说"艮乾"，不言而喻是代表四角中的两个角，不等于说从东到西一条细线。譬如筑墙，如果仅仅筑一道北墙，便只说"从东到西"就够了，既然提出"艮乾"，那么必是指一个四方院的墙。这不难理解，黄氏是说，一个横画行笔要从左下角起，填满其他角落，归到右下角。这分明是要写出一种方笔画，但圆锥形的毛笔，不同于扁刷子，用它来写北碑中经过刀刻的方笔画，势必需要每个角落一一填到。这可以说明当时的书家是如何地爱好、追求古代刻石人和书丹人相结合的艺术效果。这种用笔方法的尝试，在包世臣的字迹中表现得还不够明显（黄乙生的字迹，我没见过），到了清末的陶浚宣、李瑞清等可说是这种用笔方法的实行者。后来有不少人曾对于黄乙生这种说法表示不同意，以为北朝的墨迹与刀刻的现象有所不同。但我们知道，某一个艺术品种的风格，被另一个艺术品种所汲取后，常使后者更加丰富而有新意。举例来说：商周铜器上的字，本是铸成的，后人把它用刀刻法摹入印章，于是在汉印缪篆之外又出了新的风格。又如一幅用笔画在纸上的图画，经过刺绣工人把它绣在绫缎上，于是又成了一种新的艺术品。如果书家真能把古代碑刻中的字迹效果，通过毛笔书写，提炼到纸上来，未尝不是一个新的书风。同时我们试看今天见到的北朝墨迹，例如一些北朝写经、北魏司马金龙墓中漆屏风上的字迹，以及一些高昌墓砖上的字迹，它们的笔势和结体，无不足与北碑相印证，但从总的艺术效果看，那些墨迹和碑刻中的字迹，给人的感受毕竟是不同的。

这里附带谈一下拓本的效果问题。我们知道，石刻必用纸墨拓出才能更清楚地看出字迹，那么一件碑刻除书者、刻者的功绩外，还要算上拓者和装裱者的功绩。至于古代石刻因年久字口磨秃，拓出的现象，又构成另一种艺术效果。世行影印清代杨澥旧藏的《瘗鹤铭》有何绍基题识二段说："覃溪（翁方纲）诗云：'曾见黄庭肥拓本，憬然大字勒崖初。'此语真知《鹤铭》，亦真知《黄庭》者。"按《黄庭经》字小而多扁，《瘗鹤铭》字大而多长，笔势也并非一路，翁、何二人何以这样比例？拿这两种拓本对看，也就憬然而悟，何氏所谓"真知"，只是真知它们同等模糊而已。明代祝允明、王宠等所写的小楷，即是追求一些拓秃了的"晋唐小楷"帖上的效果，因而自成一种风格。这些是古石刻在书写、刊刻之外，因较晚的拓本而影响到书法艺术创作和评论的一个例子。

到了唐代，真书风格渐趋匀圆整齐，在艺术结构上，疏密渐匀，上下左右也常以匀称为主。每个点画，出现有意地追求姿媚的现象。行笔更加轻巧，往往真书中带有行书的顾盼笔势。清末康有为在《广艺舟双楫》中特别提出"卑唐"一章，大约是嫌唐人书法的"古朴"风格不如北朝。但事物是发展的，唐人的真书我们无法否认有它的新气象。河南的碑刻中，如《伊阙佛龛记》的方严，《夏日游石淙诗》的爽利，《少林寺碑》的紧密，《八关斋记》《元结墓碑》的浑厚，如此等等，各有特殊的境界。回头再看北朝的字迹，又觉得不能专美于前了。

宋代的真书，除某些人的个人风格上有所不同外，大体上并未超出唐人的范围。但也不是没有新风格出现。例如《大观圣作碑》，把笔画非常纤细的"瘦金体"刻入碑中。与"大书深刻"恰恰相反，然而它却能撑得起碑面，并不觉得单薄，这固然由于书法的笔力健拔，而刀法的稳准深入也有绝大关系。

至于行书，自唐代僧怀仁所谓"集王羲之书"的《圣教序》出来以后，若干行书作品都受它的影响。即唐人"自运"的行书，也同样具有这种格调。这里如褚庭诲写的《程伯献墓志》便可算是唐代一般行书的代表。到宋代"集王"行书成了御书院书写诏令、官告的标准字体，被称为"院体"。于是苏米一派异于"集王"的字体，便经常出现在宋代碑刻中，也可以说是一种革新和对"院体"熟路的否定。

至于刻法刀工，到了唐宋以来比唐以前也有新的发展。刻工极力保存字迹的原样，如有破锋枯笔，也常尽力表现。当然这种表现方法与后世摹刻法帖来比，还是比较简单甚至可说是比较粗糙的，但从这点可以看到刻碑人的意图，是怎样希望如实地表现字迹笔锋的。所以唐宋碑中尽管有些纤细笔画的字迹，例如《大观圣作碑》，虽经八百多年的时间，却与古碑面磨损一层的例如隋《常丑奴墓志》旧拓本那种模糊效果绝不相同，这不能不说是刻法的一大进步。虽然说刻法这时注意"存真"，但我们如果把唐人各种墨迹和碑刻拓本来比，它的效果仍然不尽相同，这在前边草书部分里已经谈到。唐人真书流传更多，如果一一比较，真有"应接不暇"之感，现在举一件新出土的唐《程伯献墓志》来看。书者褚庭诲的字迹，我们除了在《淳化阁帖》中见到几行之外，这是一个新发现。这种行书体和旧题所谓《柳公权书兰亭诗》非常相似。但《兰亭诗》写在绢上，笔多燥锋，它的轻重浓淡处我们是一目了然的。而这个墓志刻本，当然无法表现燥锋，也不知褚氏原迹有没有燥锋，但志石字迹在丰满匀圆中却仍然表现了轻重顿挫。由此知道不但唐代书人写行书是非凡地擅长，而唐代石工刻行书也是异常出色的。只要看怀仁的《圣教序》、李邕的《李思训碑》以至这个《程伯献墓志》等，便可以得到充分的证明。

最后略谈北宋的《十善业道经要略》和《嘉祐石经》中的真书部分，写的字体横平竖直，刻的刀法也方齐匀整，这样写法和刻法的风格，已开了"宋版书"的先路，这是时代风气所趋，也不妨说宋代刻书曾受这种刻碑方法影响的。我们从这里可以看到今天每日印刷若干亿字的"宋体字"，是怎样从晋唐真书中发展而来的，这也是字体、书法的发展史上一项重要的资料。

汉碑少有书者姓名，西岳华山庙碑后云：

京兆尹敕监都水掾霸陵杜迁市石，遣书佐新丰郭香察书，刻者颍川邯郸公修、苏张工、郭君迁。

于是聚讼纷纭，从兹以起。约而言之，盖有六类。

第一类，承认是姓"郭"名"香察"之人所书者：如明郭宗昌及其友人跋此碑华阴本后，每称"新丰郭香察书西岳华山庙碑"，甚至直称之为"香察碑"。

第二类，认为碑是蔡邕所书，郭香为审察他人之书者：唐徐浩《古迹记》称此碑为蔡邕所书。既以为蔡书，则碑上明标"郭香察书"字样，遂无处安顿。故必须挤掉郭香察之书碑权，始可以树立蔡邕书碑之名。宋洪适《隶释》曾举三点以论其非郭香察书，而为蔡书，一为"丰"字形体，二为东汉无二名，三为汉碑无书人名。其无二名说，最为诸家所沿袭。洪氏云："东汉循王莽禁，无双名，郭香察书者，察莅他人之书。"此说附和者最多，不详举，而再提旁证起捧场之作用者为翁方纲。翁跋此碑长垣本云："汉碑惟郙阁颂有书者姓名耳。是碑察字，犹钟鼎篆文某官某省之省也。"明赵崡《石墨镌华》云："市石、察书为二事，则洪公言，亦似有据。"

第三类，对第二类说法持怀疑态度者：宋荦题长垣本诗云："郭香察书义莫辨，徐洪考究终茫然。"同本吴士玉题诗云："古碑谓不署姓名，或云中郎亦罕据。"同本成亲王题诗云："察书市石无了期，小儒舌敝决以臆。"同本铁保题诗亦云："郭香察书辨者多，臆说纷纭互嘲侮。"虽不主其说，但亦未提出正面论证。

第四类，对第二类说法再申反对理由者：郭宗昌跋华阴本驳东汉二名之说云："碑建于延熹，而谓以莽制，东京无二名，察书者，监书也。夫莽，汉贼也……安有世祖正位二百年尚尊莽制不衰邪？"下文又举莽孙本名"会宗"，改为"宗"，复名"会宗"之事，谓："是当莽世亦自有二名也。况即往牒一按，二名不可胜纪，则瞽说无据，益可笑也。"盖郭宗昌为确信碑为郭香察所书者。

第五类，论证不足，进退失据，终以"不可晓"之说了之者：赵崡既为洪适寻出注脚矣，又觉蔡邕与郭香察发生矛盾。《石墨镌华》同条又云："但书虽遒劲，殊不类中郎。郭香何人，乃苍中郎书耶？且市石、察书、刻者皆著其名，而独无中郎名，何也？徐浩生唐盛时，去汉近，其人又深于字学，不应谬妄至此，皆不可晓。"舍近求远，自取纠缠，只得以"不可晓"三字了之。

第六类，附会史传人名以圆其说者：长垣本冯景跋，以洪适"察书"之说为是，且附和东汉无二名之说，但自于史书中见东汉二名者，皆汉宗姓，如广陵侯元寿，广川王常保，清河王延平，齐王无忌之属。又其他刘姓如刘骒骎、刘能卿、刘侠卿、刘文河等。并谓若庶姓，则十而九为单名。又云："或曰：必其时实有郭香其人，明见汉史，乃可信耳。予初睹郭香姓名甚熟，恍惚如曾寓目者，因穷旬日之力，遍雠《后汉书》，得之《律历志》。灵帝熹平四年（175年），五官郎中冯光等言，历元不正，太史治历郎中郭香、刘固，意造妄说云云。此非即察书其人耶？以灵帝熹平四年，上距桓帝延熹八年（165年），第十年耳。十年之间，由书佐迁郎中，仕宦常理，讵不可信耶？"

所谓东汉无二名之说，殊属无稽，郭宗昌所举之外，其例尚多，亦非如冯景所指限于汉室宗姓也。宋人张淏《云谷杂记》补编卷二，"后汉亦有二字名"条："当莽时故有明禁，暨光武即位以来，士大夫相循袭，复名者极少，但不可谓无也。苏不韦，字公先，有传附于《苏章传》后；孔僖二子，曰长彦、秀彦；又有刘騊駼，尝与刘珍校定东观书；谢承《汉书》有云中丘季智，名灵举；《郭泰传》有张孝仲、范时祖、召公子、许伟康、司马子威。此数人者，出于刍牧置邮屠沽卒伍，决非以字行者，其为名无可疑。如此之类，见于书传中，今可考也。"又明沈德符《万历野获编》卷十，"词林单名"条："后汉人无复名，向以为王莽禁之，然而无据，况有马日磾诸人，则仍复名也。"

近代欧阳辅《集古求真》卷三于洪氏所持三项理由（一、丰字之写法；二、东汉无二名；三、汉碑无书者名），一一驳斥。其于二名问题，先引王世贞所举如：邓广德、梁不疑、成翊世、邓万世、王延寿，又举郑小同、苏不韦、谢夷吾。又举汉碑中晁汉彊字产伯、严子修字仲容，金恭□字子肃。又举本碑内证，有邯郸公修、郭君迁等。又列举汉碑有书碑人诸例。且更举察书说之反证云："请问汉碑尚别有署察书者乎？"其说至辨。

综观以上诸说，所以使"小儒舌敝"者，其故有二：

（一）蔡中郎名头高大，天下碑版之名皆归之。蔡撰碑文多巨作，集中累见，遂因撰碑，讹及书碑。又熹平中鸿都门立石经碑，董其事者，蔡邕之外，尚有马日碑、堂豀典等，残石中可考见者，不下二十五人。自《后汉书·蔡邕传》专以书石之功归蔡，于是蔡邕遂成为书碑专家，近人马叔平先生（衡）撰《汉石经集存》，提出驳议，谓石经碑石既多，制作时间又短，不可能为蔡一手所书，其言极为近理。徐浩虽生于唐，而考古讵尽精密？不信碑石，而信徐说，正如韩非所记郑人市履，"宁信度，无自信也"（《外储说》左上）。

（二）郭香察失去书碑权，半由被蔡邕所挤，半由其职衔过卑。论贵诛心，实以轻其为书佐耳。盖自唐宋以来，伐石诔墓，撰文书丹，必以达官显宦。遂觉区区书佐，岂可书碑！不知书佐下僚，不乏英俊，如《范滂传》中，书佐朱零，不肯诬证范滂，节义炳然，固无忝于中郎。其以无二名之说轻轻抹煞郭香察之名者，其意深，其术巧。至于赵崡，遂有"郭香何人，乃莅中郎书"之语，郭氏至此，于仅存之察书权亦几乎又被挤去，其故胥由官卑职小，而洪氏之心，亦正在于是也。

明乎此，乃知唐代待诏、令史所书告身，俱化为徐浩、颜真卿；经生、书手所书释道经，俱化为褚遂良、钟绍京，其故一也。

吾读此碑诸跋，最不能忍笑者，厥为冯景一篇。苦搜范书，居然得一姓郭名香之人，此尚不足奇。所妙者，其人居然官为郎中，竟使寒微之书佐，前程远大，有官可升，于是得以保留察书之资格。所惜其时赵崡已死，不及见此中郎郎中，衣冠赫赫，聚于一碑之下也！

此碑所见印本六种，（一）长垣本；（二）华阴本；（三）四明本（以上三本端氏影印）；（四）小玲珑馆本（东莞容氏影印）；（五）欧阳辅藏本（欧阳氏影印）；（六）章藻藏本（涵芬楼影印）。其未经影印流传者，尚不知多少也。

书契以来，字体屡变，汉许慎著《说文解字》，千古奉为圭臬。顾自隶体一兴，古制渐泯。草书更专主简省急就，六书之义，不可骤寻。唐宋学者，有自矜谨重，不为草书者；乾嘉老宿，甚且以篆体录文，其视草行，殆同旒赘。然许氏云："汉兴有草书。"而士夫书牍，尤尚草体，号为迫遽不及草书，盖慎其笔法耳，固古人之所重也。研求文字沿革者，于汉隶之后，今隶以前，微草无征，讵可等之杂艺乎？

汉有草书之说，前人多未尽信，以《阁帖》所收章帝张芝之书，皆出伪造。自西陲简牍，重见人间，其有年号可考者，上至武帝太始，而"神爵"一简，已是草书，祭酒之语，始信不诬。第草书于汉世，究属草创，木简之出土，多已断阙，其由章草变之今草，体势完具，当在晋世，故言草书者，必以晋人为主。上窥炎汉，以溯渊源，下概李唐，以穷俗变，宋元工草体者，仅米赵数家，明人偏旁多杜撰，尽可存而不论矣。

晋人草书，自少数木简外，端凭法帖，馆本《十七帖》，传称唐刻，《澄心堂帖》，南唐所摹，世久无传，明人以南宋《澄清堂帖》当之，其误已不待言。《淳化阁帖》，虽编订多舛，为后世所诃，然大辂椎轮，其功未可尽没。其后《大观》《潭》《绛》，孳乳益繁，朱明而后，丛帖尤盛，所收诸书，真伪混杂，颇有待于辨订。地不爱宝，他日或将继简牍更有发现，居今而考晋人之书，仍必以法帖为大宗。

《阁帖》编排未善，书人名氏混淆，屡经订正，已成铁案。而略检通行汇刻草字之书，犹多收伪帖中字，其贻误学人，殆非浅鲜。是以欲考镜字体源流，必先确辨书人时代。与夫帖之真伪，后人题署，不足尽凭也。《阁帖》之误，前人论之已详，明清丛帖中，颇有古帖，标题亦常舛误，观者过信过疑，皆有其蔽，试举二帖以例之。

《出师颂》书作章草，墨池堂《戏鸿堂》本，题曰索靖，《玉烟堂》本，题曰萧子云，《三希堂》本，有米友仁跋，定为隋人。尝合校之，明人所刻，"鼓无停响"，"鼓"皆作"敉"，文遂不通。《三希堂》本墨迹，今有影本行世，笔势古厚而流美，决非向拓可得，因尝悬断明人所刻底本为伪。后于友人家见一墨迹，为陶斋旧藏者，有明初人及文彭十余跋，备致推许。其误处与明刻皆同，纸墨尚不及唐宋之古，虽不敢即指为章董诸刻所据之本，而误字既同，则章董诸本之非真，可断言也。且王世贞曾收二本，是明代以前，此帖摹本非一，皆辗转传模，信笔题署，要以米跋本为最古，至其是否隋人，固无的据。总之不题为六朝以上人，米氏自有特识，苟仅依汇帖标题则以后作先，不亦傎乎。

《平复帖》，章草奇古，纸墨渝敝，字多剥落，宋徽宗瘦金标签，题曰陆机。梁清标刻之《秋碧堂帖》，书家既鲜临仿，而论书评帖者，亦罕及之。近年墨迹影本既出，世间始见庐山面目，而观者以其字不可识，董其昌跋，又未能详具原委，遂谓徽宗标题，漫无根据，时论纷然，竟以骨董羹目之矣。余见其草法简古，虽近木简，以为苟能寻绎文词，或可稍得佐证。因澄怀谤玩，又复博询八法名家之留意斯帖者，然后全文大略可读。其中可商之字，尚约三分之一，而篇首八字，曰"彦先羸瘵，恐难平复"，则确无疑义。彦先为顾荣字，荣与机、云同入洛，号为"三俊"，则此帖藉使非出世衡，亦其同时侪辈矣。徽宗标题古迹，固多臆断，而于此帖，必有依据，惜乎旧跋尽轶，源流莫辨，所幸首行未泐，尚可资为凭鉴耳。

帖之时代既明，然后究其体势结构变迁之迹，庶不致混淆讹舛，后先倒置，而古人着笔，缓急从心，缣素时或凋残，墨痕更易脱落。隋唐向拓，已不免失真，宋人上石，再经钩摹，尤多乖误，诸家释文往往纷歧，察其所失，盖有数端。

一、今草源出章草，章草实省隶为之，如爱之为[草书字]，忧之为[草书字]，最与真书不合。而按之汉隶，则爱作[隶书字]，忧作[隶书字]，草书之源，昭昭可见。后人但据真书结体，以释草书，宜乎其多未合矣。即如六朝及唐人草书，亦常据当时别体。如孙过庭《书谱》"互相陶[草书字]"，或释陶染或释陶淬，今传古写二体千文墨迹，旧题智永所书，染字真书作埰，草书作[草书字]，可证《书谱》之非陶淬。敦煌所出唐人草书《法华玄赞》数卷，中有[草书字]字，或释函，或释品，或释卷，按卷字别体作弓，道藏中恒有其字，刻本《玄赞》，此处真书正作卷也。拈此二字，足当隅反。

二、董逌《广川书跋》云："得秘阁墨书，校其字画，皆硬黄摹书，至有墨色湮落，或以重墨添晕，当著奉诏时，其所模拓，皆略仿其大体，而私以笔画成之。"按，著指王著，奉诏谓刻《阁帖》

也。《大观》虽重取墨迹上石，较胜《淳化》，而仍不免舛误者，当是底本如斯，无从校正耳。王献之《地黄汤帖》，"谢生还可尔，进退不可解"，〔图〕二字之间，空隔甚远，且尔字横笔上折，文义字形，两觉未允。偶阅《右军帖》，见屡言司州，因悟尔实东字，原迹失其首笔一横，其上是河字，非可字也。此或《广川》所谓墨色湮落处，一笔之失，两字俱误。又王羲之《谢光禄帖》，"二〔图〕奄忽"，二下之字，旧释为朝，二字分明两画，而释作一，所以迁就下文朝字，实当释二都也。此一字难识，而径改上文，削足适履，此之谓耶。

三、阁本伪张芝《汝殊愁帖》，"處耳"处字，误断为二，分居两行，后人释为不可。《大观》改正，处字始明。姚鼐谓《大观》行款较《淳化》为高，即以此处耳二字一行为度，其说虽无实据，却具至理。

四、王洽《不孝祸深帖》，"备琮婴荼毒"，备下一字，旧释作豫，盖由上文备字而臆测之，不知与下文不属也。谛审《大观》本，此字笔势，与上下各字，迥不相侔。后见唐摹右军《丧乱帖》墨迹，亦有此一字，在两行之间。《丧乱帖》，前有僧权押字，乃悟此字为珍，姚怀珍押字也，摹入正文，遂不可解。故余尝谓处字为截鹤，珍字为续凫，阁本摹勒之粗，可窥一斑。如望文生义，鲜有不误者，然则考释古帖，岂易事哉！

五、释《阁帖》者，如施氏、刘氏、顾氏，互有短长。王澍《阁帖》考证，素称允当，以今观之，仍不免于穿凿与固执，况草主简易，点画屈曲，往往因人而异。虚舟好执点画参差，辨字异同，则贤者之失也。如羲之《初月帖》，末二字，或释呈耳，或释皇恐，王云皆非，当是皇恐皇恐，古人重文必加两点，此恐字末笔稍拖，即指为重文，则前举张芝帖中耳字，末笔至长，可径释为耳耳乎。羲之《黄柑帖》云："奉黄柑二百。"王云是三百，上下各借一笔，按右军有帖云，奉橘三百枚，虚舟中心横亘三百之数，不惜强柑就橘，宁非笑柄。

略举大凡，已有五失，则草书一体，前贤考释虽多，终有待于整理也。

汇辑草字之书，通行者，如《草韵辨体》《草韵汇编》《草字汇》等，皆辗转模临，笔意全失。所收诸字，不著出处，帖之真伪，更不暇择。学者苟执之以习笔法，以考字体，其流弊所极，曷可胜言。《草诀歌》流俗所习，入人尤深。范文明《草诀辨疑》，朱宗文《草圣汇辨》，攻其谬误，颇为详尽，宜若自此可废。而今日朱书罕行，《草诀歌》依然传诵焉。

近代上元李古余先生滨，著《草说》十五卷，考草体之变迁，至为精核。惟所摹诸字，笔意仍未尽得真，间亦收伪帖中字，以其义主辅证其说，钩摹精粗，固所不计。惜其书流传未广，《百草诀歌》复出章草本，风行一时，瓦釜雷鸣，诚堪怪叹也。

今日印刷之术，进而益精，古帖善本，得一一写影。先民墨迹，屡有掘获，有志研考草书者，正宜统核诸家之说，重加理董，剪取帖字，著其出处，以付影印，可免摹写之失。疑者阙之，误者正之，使草体沿革，秩然可按，示学者以准绳，亦不朽之盛事也。

　　余阅课卷，每见破体字，今人号为简字，又曰手头字者，尝戏谓简字之义，在乎省简，而以真书笔法写之，点画皆断。如能草书，则简体数笔之字，或竟一笔可成，且字字有本，无须现造，亦习懒之一道也，闻者莞然。

西晋陆机《平复帖》，纸本，草书九行，前有白绢签，墨笔书"□□（晋平）原内史吴郡陆机士衡书"，笔法风格与《万岁通天帖》中每家帖前小字标题相似，知此签是唐人所题。又有月白色绢签，泥金笔书"□（晋）陆机《平复帖》"，是宋徽宗所题，下押双龙小玺，其他三个角上，各有"政和""宣和"小玺。拖尾骑缝处还有"政和"连珠玺，知此即宣和内府所藏，《宣和书谱》卷

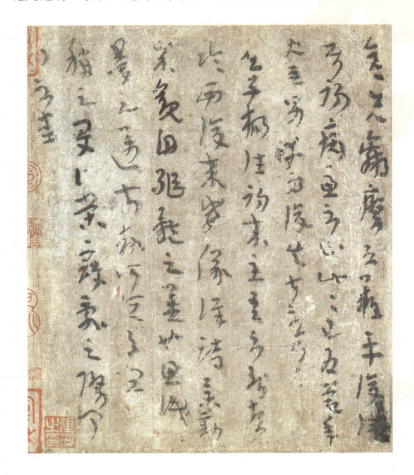

▲ 陆机《平复帖》

十四著录的陆机真迹（明代人有以为写者是陆云，甚至推为张芝的，俱无确据，不复论）。

按，陆机（261—303年），字士衡，三国时东吴吴郡人，吴丞相陆逊之孙，大司马陆抗之子。史称他："少有异才，文章冠世。"（《晋书》卷五十四本传）年二十，吴被晋灭，家居勤学十年，与其弟陆云被称为"二俊"。后入洛阳（西晋的首都），参加司马氏的政权，又受成都王司马颖的重用，为平原内史，又加后将军，河北大都督。为司马颖讨司马乂，兵败，受谗，与弟陆云同被司马颖所杀。著述甚多，今传有《陆士衡文集》。善书，为文名所掩。

唐宋以来，讲草、真、行书书法的，都上溯到晋人。而晋代名家的真迹，至唐代所存已逐渐稀少，流传的已杂有摹本。宋代书画鉴赏大家米芾曾说："阅书白首，无魏遗墨，故断自西晋。"而他所见的真迹，只是李玮家所收十四帖中的张华、王濬、王戎、陆机和臣詹奏章晋武帝批答等几帖（见《书史》卷上。《宝章待访录》所记较略，此从《书史》）。其中陆机一帖，即是这件《平复帖》。宣和时，十四帖已经拆散不全。明张丑《清河书画舫》子集引《宣和书谱》说："陆机《平复帖》，作于晋武帝初年，前王右军《兰亭禊集叙》大约百有余岁。今世张、钟书法，都非两贤真迹，则此帖当属最古也。"（今本《宣和书谱》无此条，如非版本不同，即是张丑误记。）宋岳珂《宝真斋法书赞》卷二十跋《米元章临晋武帝大水帖》说："西晋字，在今岂可复得！"明董其昌跋说："右军以前，元常以后，唯存此数行，为希代宝。"其实明代所存，不但钟帖已无真迹，即二王帖，亦全剩下唐摹本了。按先秦和汉代的简牍墨迹，宋以前虽也偶有出土的，但数量不多，不久又全毁坏。可以说，在近代汉、晋和战国的简牍大量出土以前，数百年的时间，人们所能见到最古的，并非摹本的墨迹，只有这九行字。而在今日统观所有西晋以上的墨迹，其中确知出于名家之手的，也只有这九行。若以今存古代名家法书论，这帖还是年代最早的一件，以今存西晋名家法书论，这帖又是最真实可靠的一件。

这一帖称得起是流传有绪的。米芾《书史》记载检校太师李玮收得晋贤十四帖，原装一大卷，卷中有"开元"印和王涯、太平公主等人的藏印，卷前有"梁秀收阅古书"印，后有"殷浩"印。米芾说梁、殷都是"唐末鉴赏之家"，可知这一大卷的收集合装是在唐末。今《平复帖》第九行下半空处（八行"寇乱"二字之左）有"殷浩"朱文印，因而可知就是李玮所收的那一大卷中的陆机一帖。论起这《平复帖》的收藏者，就现在所知，最先的应推殷浩和梁秀。再据《书史》所记，那一大卷宋初在王溥家，传至其孙王贻永，转归李玮。后入宣和内府。但《宣和书谱》所载，并未完全包括那一大卷中的帖，可知大卷的拆散，是在李玮收藏的时候。此后靖康之难，宣和所藏尽失，《平复帖》踪迹不明。到元代曾经张斯立、杨肯堂、郭天锡、马昫等鉴赏，题有观款（见吴其贞《书画记》卷四）。还经陈绎曾鉴赏（见《清河书画舫》子集）。明代万历年间归韩世能，经董其昌题跋，传至其子韩逢禧。转归张丑，著录于《清河书画舫》《真迹日录》二集、《南阳法书表》各书。清初归葛君常，这时元人观款被割去。又归王际之。又归冯铨（见吴其贞《书画记》卷四）。转归梁清标，刻入《秋碧堂帖》。又归安岐。后入乾隆内府，进给太后，陈设在慈宁宫宝座旁（见《盼云轩帖》刻成亲王题秋碧堂本《平复帖》）。太后逝世后，颁赐遗念，这帖归了成亲王永瑆，刻入《诒晋斋摹古帖》，并有记载的诗文（见《诒晋斋集》卷一、卷五、卷八），但未写入卷中。后辗转流传于诸王府，三十年前由溥儒先生手转归张伯驹先生。一九五六年归故宫博物院。卷中各家藏印具在，流传经过，历历可考。详见《文物参考资料》一九五七年第一期王世襄先生《西晋陆机〈平复帖〉流传考略》。

这一帖是用秃笔写的草字。《宣和书谱》标为章章，它与二王以来一般所谓的今草固然不同，但与旧题皇象写的《急就篇》和旧题索靖写的《月仪帖》一类的所谓章草也不同；而与出土的一部分汉晋简牍非常相近。张丑《真晋斋记》（载在《真迹日录》二集）中只释了"羸难平复病虑观自躯体闵荣寇乱"十四字。安岐也说："其文苦不尽识。"（《墨缘汇观》"法书"卷上）我在前二十年也曾释过十四字以外的一些字，但仍不尽准确（近年有的国外出版物也用了那旧释文，随之沿误了一些字）。后得见真迹，细看剥落所剩的处处残笔，大致可以读懂全文。其中有些字必须加以说明，如：

第三行首二字略残，第二字存右半"隹"当是"唯"字。第五字"为"起笔转处残损。末一"耳"字收笔甚长，摇曳而下。

第四行首字失上半，或是"吴"，或是"左"。

第五行"详"下一字从"足"从"寺"，是"跱"字，"详"是安详，"跱"是竦"跱"。

第六行首"成"字，中直剥断。"美"字或释"异"。

第七行首字是"爱"，按《淳化阁帖》卷三庾翼帖"爱"字下半转折同此。又《急就篇》中"争"字之首，笔作圆势，可证"爱"字的"爪"头。"执"即"势"字。"恒"字"忄"旁残损，尚存竖笔上端。

第八行首字右上残留横笔的左端。右下"刀"中二横亦长出，知是"稱"（称）字。第三字张丑释"闵"，但"门"头过小"文"字过大，且首笔回转至中心顿结，实非"闵"字。按《急就篇》"夏"字及出土楼兰简牍之"五月二日济白"残纸一帖中"夏暮"的"夏"字，俱同此。第四字右半残损，存一小竖的上端，当是"伯"字。

第九行首字残存右半，半圆形内尚存一点，知是"问"字。

详观帖文，乃是谈论三个人，首先谈到多病的彦先。按陆机兄弟二人的朋友有三个人同字彦先（陆云与平原、与杨彦明书中也屡次谈到彦先，而且是多病的。见《陆士龙文集》卷八、卷十）：一是顾荣，一是贺循，一是全彦先（见《文选》卷廿四陆机诗李善注）。其中只有贺循多病，《晋书》卷六十八《贺循传》记述他赢病情况极详，可知这指的是贺循。说他能够活到这时，已经可庆，又有儿子侍奉，可以无忧了。其次谈到吴子杨，他前曾到陆家做客，但没受到重视，这时临将西行，又来相见，威仪举动，较前大有不同了，陆机也觉得应该对他有所称誉。但所给的评论，仍仅止是"躯体之美"，可见当时讲究"容止"的风气和作用，也可见所谓"藻鉴"的分寸。最后谈到夏伯荣，则因寇乱阻隔，没有消息。如果这帖确是写于晋武帝初年，那时陆机尚未入洛，在南方作书，则子杨的西行，当是往荆襄一带去了。

这一帖是晋代大文学家陆机的集外文，是研究文字变迁和书法沿革的重要参考品，更是晋代人品评人物的生动史料。

一九六一年九月，一九六四年修改

附　录

《平复帖》释文

彦先羸瘵，恐难平复。往属初病，虑不止此，此已为庆。承使□（唯）男，幸为复失前忧耳。□（吴）子杨往初来主，吾不能尽。临西复来，威仪详跱，举动成观，自躯体之美也。思识□量之迈前，执（势）所恒有，宜□称之。夏□（伯）荣寇乱之际，闻问不悉。

横扫千军笔一枝　观摩再四

称妙文词无敌名数他家

霞海先生学来自知

勇新同志正之一九七九　启功

东晋永和九年（353年）三月三日，大文学家、大书家王羲之和他的朋友、子弟们在山阴（今绍兴）的兰亭举行一次"修禊"盛会，大家当场赋诗，王羲之作了一篇序，即是著名的《兰亭序》。这篇文章，历代传诵，成为名篇。王羲之当日所写的底稿，书法精美，即是著名的《兰亭帖》，又是书法史上的一件名作。原迹已给唐太宗殉了葬，现存的重要复制品有两类：一是宋代定武地方出现的石刻本；一是唐代摹写本。

宋代有许多人对于《兰亭帖》的复制作者提出种种揣测，对于定武石刻本的真伪也纷纷辩论。到了清末，有人索性认为文和字都不是王羲之的作品。

这篇《〈兰亭帖〉考》是试图把一些旧说加以整理归纳，并对存在的问题进行一些分析，然后从现存的唐代摹本上考察原迹的真面目，以备读文章和学书法者作研究参考的资料。不够成熟，希望获得指正。

一

论真行书法，以王羲之为祖师，《兰亭序》又是王羲之生平的杰作，自南朝以来，久已成为法书的冠冕。这个帖的流传过程中，曾伴有种种传说，而今世最流行的概念，大略如下：唐太宗遣萧翼从僧辩才赚得真迹，当时摹拓临写的人，有欧阳询和褚遂良。欧临得真，遂以上石，世称定武本，算作正宗；褚临多参己意，算作别派。这种观念，流行数百年，几成固定的历史常识。但一经钩核诸说，比观众本，则千头万绪，不可究诘，而上述的观点，殊属无稽。如细节详校来谈，非数十万字不能尽，兹姑举要点来论，论点相同的材料，仅举其一例。

甲、唐太宗获得前的流传经过：（一）原在梁御府，经乱流出，为僧智永所得，又入陈御府。隋平陈，归晋王（炀帝），僧智果从王借拓不还，传给他的弟子辩才。（见唐刘𬮿《隋唐嘉话》卷下）（二）真迹在王氏家，传王羲之七代孙僧智永，智永传他的弟子僧辩才。（见唐张彦远《法书要录》卷三载唐何延之《兰亭记》）（三）"元草为隋末时五羊一僧所藏。"（宋俞松《兰亭续考》卷一引宋郑价跋。《兰亭续考》以下简称《俞续考》。）

乙、唐太宗赚取的经过：（一）"太宗为秦王日……使萧翊就越州求得之。"（《隋唐嘉话》卷下）（二）唐太宗遣御史萧翼伪装商客，与辩才往还，乘隙窃去。（见《兰亭记》，赵彦卫《云麓漫钞》卷六引《唐野史》事略同。）（三）"武德四年欧阳询就越州访求得之，始入秦王府。"（宋钱易《南部新书》卷四）

丙、隋唐时的摹拓临写：按双钩廓填叫作响拓，罩纸影写叫作摹，面对真迹仿写叫作临，其义原不相同。而古代文献，对于《兰亭帖》的摹本，三样常自混淆，现在也各从原文，合并举之。（一）智果有拓本。（见《隋唐嘉话》卷下）（二）赵模等四人有拓本。何延之云："太宗命供奉拓书人赵模、韩道政、冯承素、诸葛贞四人各拓数本。"（《兰亭记》）（三）褚遂良有临写本。张彦远云："贞观年，河南公褚遂良中禁西堂临写之际便录出。"（《法书要录》卷三载褚遂良《王羲之书目》后跋，"录出"者，指羲之各帖之文，其中有《兰亭序》。）（四）唐翰林书人刘秦妹临本。窦泊云："兰亭貌夺真迹。"（《法书要录》卷六载《述书赋》卷下）（五）麻道嵩有拓本。钱易云："麻道嵩奉教拓二本……嵩私拓一本。"（《南部新书》卷四）（六）汤普彻等有拓本。武平一云："（太宗）尝令汤普彻等拓《兰亭》赐梁公房玄龄已下八人。"（《法书要录》卷三载唐武平一《徐氏法书记》）（七）欧、虞、褚有临拓本。何延之云："欧、虞、褚诸公皆临拓相尚。"（《兰亭记》）（八）陆柬之有临拓本。李之仪云："一时书如欧、虞、褚、陆辈，人皆临拓相尚。"（宋桑世昌《兰亭考》卷五引宋李之仪跋，按"陆"指陆柬之。桑世昌《兰亭考》以下简称《桑考》。）（九）智永有临本。吴说云："《兰亭修禊前叙》，世传隋僧智永临写，后叙唐僧怀仁素麻笺所书，凡成一轴。"（《桑考》卷五引宋吴说跋）（十）王承规有模本。米友仁云："汪氏所藏《三米兰亭》……殆王承规模也。"（《桑考》卷五引宋米友仁跋）另有太平公主借拓之说，乃是误传，不具列[1]。后世仿习临摹和辗转传拓的，也不详举。

以上甲、乙、丙三项中多属得自传说和揣度意必之论，并列出来，以见他们的矛盾分歧。宋以后人的话，更无足举了。

丁、隋唐刻本：（一）智永临写刻石本。《桑考》云："隋僧智永亦临写刻石，间以章草，虽功用不伦，粗仿佛其势，本亦稀绝。"（《桑考》卷五，未注出处。又卷七引宋蔡安强跋谓智永本为正观中

[1] 关于借拓之说，《唐会要》卷三十五："《兰亭》一本，相传云将入昭陵。又一本，长安、神龙之际，太平、安乐公主奏借出入（外）拓写，因此遂失所在。"宋董逌《广川书跋》卷六云："《兰亭序》在唐贞观中旧有二本，其一入昭陵，其一当神龙中，太平公主借出拓摹，遂亡。"按太平公主借拓的事，见韦述所记，《会要》及董逌所谓又一本的，大概是另一个摹本，或是由于误读韦述的话。《法书要录》卷四载唐韦述《叙书录》云："自太宗贞观中，搜访王右军等真迹……凡得真行二百九十纸，装为七十卷，草书二千纸，装为八十卷……其后《兰亭》一时相传云将入昭陵玄宫。长安神龙之际，太平安乐公

主奏借出外拓写《乐毅论》，因此遂失所在。"盖真行七十卷，草书八十卷，是总述全数。其后拈出二种：一时相传将入昭陵的，是《兰亭帖》；奏借出外拓写而失的，是《乐毅论》。俱因其亡失而特加记述的。

摹刻。）（二）唐勒石本。《桑考》云："天禧中，相国僧元霭曾进唐勒石本一卷，卷尾文皇署'敕'字，傍勒'僧权'二字，体法既臻，镌刻尤工。"（《桑考》卷五，未注出处。）（三）唐刻版本。米芾云："泗州山南杜氏……收唐刻板本《兰亭》。"（《桑考》卷五引宋米芾跋）（四）褚庭诲临本。黄庭坚云："褚庭诲所临极肥，而洛阳张景元剧地得阙石极瘦，定武本则肥不剩肉，瘦不露骨，犹可想见其风。三石刻皆有佳处。"（《桑考》卷六引宋黄庭坚跋）这都是宋人所指为隋唐刻本的，并未注明根据，大概也多意必之见。至于后世辗转摹刻，或追加古人题署，或全出伪造的，更无足述。而所谓开皇本的，实在也属这类东西，所以不举。

戊、定武本问题：定武石刻，宋人说得极多，细节互有出入，其大略如下。石晋末，契丹自中原辇石北去，流落于定州，宋庆历中被李学究得到。李死后，被州帅得着，留在官库里。熙宁中薛向帅定州，他的儿子薛绍彭翻刻一本，换去原石。大观中，原石自薛家进入御府（《桑考》卷三引宋赵栖、荣芑、何薳等跋，卷六引宋沈揆、洪迈等跋）。

这块石刻，宋人认为是唐代所刻，赵栖云："此文自唐明皇（《桑考》云：'是"文皇"之误。'）得真迹，刻之学士院。"（《桑考》卷三引赵栖定武本）周勋引《墨薮》云："唐太宗得右军《兰亭序》真迹，使赵模拓，以十本赐方镇，惟定武用玉石刻之。文宗朝舒元舆作《牡丹赋》刻之碑阴。事见《墨薮》，世号定武本。"（《桑考》卷六引宋周勋跋。功按，"明皇"为"文皇"之误，已见赵桓跋，显宗当即玄宗，宋人讳玄所改者。）

定武石刻出自何人摹勒，约有以下种种说法：（一）出于赵模（见周勋跋）。（二）出于王承规（见郑价跋）。（三）出于欧阳询。李之仪云："兰亭石刻，流传最多，尝有类今所传者，参订独定州本为佳，似是以当时所临本模勒，其位置近类欧阳询，疑是询笔。"（《桑考》卷五引李之仪跋）又楼钥云："今世以定武本为第一，又出欧阳率更所临。"（《桑考》卷五引宋楼钥跋）又何薳云："唐太宗诏供奉临《兰亭序》，惟率更令欧阳询所拓本夺真，勒石留之禁中，他本付之于外，一时贵尚，争相打拓，禁中石本，人不可得，石独完善。"（宋曾宏父《石刻铺叙》卷下引何子楚跋，子楚，薳之字。）（四）出于褚遂良。米友仁云："昨见一本于苏国老家，后有褚遂良检校字，世传石刻，诸好事家极多，悉以定本为冠，此盖是也。"（《桑考》卷五引宋米友仁跋）又宋唐卿云："唐贞观中……诏内供奉摹写赐功臣，时褚遂良在定武，再模于石。"（《俞续考》卷一引宋宋唐卿跋）（五）出于智永。荣芑云："定武《兰亭序》，凡三本，其一李学究本，传为陈僧法极字智永所模。"（《桑考》卷七引荣芑跋）（六）出于怀仁。米友仁云："定本，怀仁模思差拙。"（《桑考》卷五引米友仁跋）

从以上诸说看来，定武本是何人所模，也矛盾纷歧，莫衷一是，所谓某人临摹，某人勒石，同是臆测罢了。

定武石本，宋人已有翻刻伪造的，它的真伪的区别，自宋人到清翁方纲的《苏米斋兰亭考》，辨析已详，现在不加重述。而历代翻刻定武本，复杂支离，不可究诘，现也不论。

己、褚临本问题：《兰亭》隋唐摹拓临写的各种传说，已如上述，综而观之，不下十余人。北宋时，指唐摹本为褚笔之说，流行渐多。米芾对于刻本，很少提到定武本，对于摹本，常题为褚笔。例如他对于王文惠本，非常郑重地题称："有唐中书令河南公褚遂良，字登善，临晋右将军王羲之《兰亭宴集序》。"好似有十足的根据似的。但那帖上原无褚款，所据只在笔有褚法就完了。他说："浪字无异于书名。"（见《宝晋英光集》卷七）浪字书名，是指"良"字。当时好事者也多喜好寻求褚摹，米芾又有诗句云："彦远记模不记褚，《要录》班班记名氏。后生有得苦求奇，寻购褚模惊一世。寄言好事但赏佳，俗说纷纷哪有是。"（见《宝晋英光集》卷三）则又否定了褚摹之说，米氏多故弄狡狯，不足深辨。但从这里可见当时以无名摹本为褚笔，已成为一种风气了。

自此以后，凡定武本之外唐摹各本，逐渐地聚集而归列褚遂良一人名下。至翁方纲《苏米斋兰亭考》（以下简称《翁考》）卷二《神龙兰亭考》说："乃若就今所行褚临本言之，则此所号称神龙本者，尚是褚临之可信者矣。何以言之？计今日所称褚临本，曰神龙本，曰苏太简本，曰张金界奴本，曰颍上本，曰郁冈斋、知止阁、快雪堂、海宁陈氏家所刻领字从山本，皆云褚临之支系也。"又说："要以定武为欧临本，神龙为褚临本，自是确不可易之说。"功按，化零为整，这时总算到了极端。欧褚这两个偶像，虽然早已塑成，但是"同龛香火"，至此才算是"功德圆满"！

综观以上资料，我们得知，围绕《兰亭》一帖，流行若干故事传说，而定武一石，至宋又成为《兰亭》帖的定型，自宋人至翁方纲，辨析点画，细到毫芒，而搜集拓本的，动辄至百数十种。但是一经钩稽，便看到矛盾百出。到了清末李文田氏，便连这篇序文和这帖上的字，都提出了怀疑，原因与这有一定的关系。现在剥去种种可疑的说法和明显附会无关重要的事，概括地说来，大略如下：

王羲之书《兰亭宴集诗序》草稿，唐初进入御府，有许多书手进行拓摹临写。后来真迹殉葬昭陵，世间只流传摹临之本。北宋时发现一个石刻本在定武，摹刻较当时所见的其他刻本为精，就被当时的文人所宝惜，而唐代摹临之本，也和定武石刻本并行于世。定武本由于屡经捶拓的缘故，笔锋渐秃，字形也近于板重；而摹临的墨迹本，笔锋转折，表现较易，字形较定武石刻近于流动；后人揣度，便以定武石刻为欧临，其他为褚临，《兰亭》的情况，如此而已。

我又曾疑宋代所传唐人钩摹墨迹本，自然比今天所存的要多得多，以传真而言，摹本也容易胜过石刻，何以诸家聚讼，单独在定武一石呢？岂是这一石刻果然超过一切摹本吗？后来考察，唐人摹本中的上品，宋人本来也都宝重，但唐摹各本中，亦有精粗之别。即看《桑考》所记，知道粗摹墨迹本有时还不如精刻石本，并且摹本数量又少，而定武摹刻精工，又胜过当时流传的其他的刻本，再说拓本等于印刷品，流传也容易广泛，能够满足学者的需求，这大概也是定武本所以声誉独高的缘故吧！

现在唐摹墨迹本和定武原石本还有保存下来的，而影印既精，毫芒可鉴，比较观察，又见宋人论述所未及的几项问题，以材料论，古代所存固然比今天的多，但以校核考订的条件论，则今天的方便，实远胜于古代，《兰亭》的聚讼，结案或将不远了。

二

清末顺德李文田氏对于《兰亭》的文章和字迹，都提出怀疑的意见，见于所跋汪中旧藏定武本[1]之后，跋云：

> 唐人称《兰亭》，自刘𬤇《隋唐嘉话》始矣。嗣此何延之撰《兰亭记》，述萧翼赚《兰亭》事如目睹，今此记在《太平广记》中。第鄙意以为定武石刻未必晋人书，以今见晋碑，皆未能有此一种笔意，此南朝梁、陈以后之迹也。按《世说新语·企羡篇》刘孝标注引王右军此文，称曰《临河序》，今无其题目，则唐以后所见之《兰亭》，非梁以前《兰亭》也。可疑一也。
>
> 《世说》云：人以右军《兰亭》拟石季伦《金谷》，右军甚有欣色，是序文本拟《金谷序》也。今考《金谷序》文甚短，与《世说》注所引《临河序》篇幅相应，而定武本自"夫人之相与"以下多无数字，此必隋唐间人知晋人喜述老庄而妄增之，不知其与《金谷序》不相合。可疑二也。

即谓《世说》注所引或经删节，原不能比照右军文集之详，然"录其所述"之下，《世说》注多四十二字，注家有删节右军文集之理，无增添右军文集之理，此又其与右军本集不相应之一确证也。可疑三也。

有此三疑，则梁以前之《兰亭》与唐以后之《兰亭》，文尚难信，何有于字。且古称右军善书，曰"龙跳天门，虎卧凤阙"，曰"银钩铁画"。故世无右军之书则已，苟或有之，必其与《爨宝子》《爨龙颜》相近而后可，以东晋前书与汉魏隶书相似，时代为之，不得作梁、陈以后体也。

功按：这派怀疑之论，在清末影响很广，因为当时汉、晋和北朝碑版的发现，一天天地多起来，而古代简牍墨迹的发现还少，谈金石的，常据碑版的字怀疑行草各帖的字。各帖里固然并非绝无伪托的，况且翻刻失真的也很多，但不能执其一端，便一概怀疑所有各帖。现在先从《世说》注文说起。

《世说新语·企羡篇》一条云：

王右军得人以《兰亭集序》方《金谷诗序》，又以己敌石崇，甚有欣色。

刘竣注云：

王羲之《临河叙》曰：永和九年，岁在癸丑，暮春之初，会于会稽山阴之兰亭，修禊事也。群贤毕至，少长咸集。此地有崇山峻岭，茂林修竹。又有清流激湍，映带左右，引以为流觞曲水，列坐其次。是日也，天朗气清，惠风和畅，娱目骋怀，信可乐也……故列序时人，录其所述。右将军司马太原孙承公等二十六人，赋诗如左，前余姚令会稽谢胜等十五人，不能赋诗，罚酒各三斗。

今传《兰亭》帖二十八行，三百余字，乃王羲之的草稿，草稿未必先写题目，这是常事，也是常识。况且《世说》本文称之为《兰亭集序》，注文称之为《临河叙》，已自不同，能够说刘义庆和刘峻所见的本子不同吗？

至于当时人用它比方《金谷序》的原因，必有根据的条件，《世说》略而未详。但绝不见得只是以字数相近，便足使右军"甚有欣色"。譬如今天说某人可比诸葛亮，理由是因为他体重若干斤、衣服若干尺和诸葛亮有相同处，岂不是笑话！《世说》曰"人"曰"方"是别人的品评比况。李跋改"方"为"拟"，以为右军撰文，本来即欲模拟《金谷序》，真可以说差之毫厘谬以千里了。且诗文草创，常非一次而成，草稿每有第一稿、第二稿以至若干次稿的分别。古人文集中所载，与草稿不相应，和墨迹或石刻不相应的极多。且注家有对于引文删节的，也有节取他文或自加按语补充说明的。以当时的右军文集言，序后附录诸诗，诗前有说明的话四十二字，亦或有之，刘注多这四十二字，原不奇怪。何况右军文集《隋志》著录是九卷，今本只二卷，可见亡佚很多，刘峻所见的本子有这四十多字，极属可能。又汇录《兰亭诗》多有传本，俱注明某某若干人成诗若干首，某某若干人诗不成，罚酒若干。刘注或据此等传本而综括记述，也很可能。总之序文草稿（《兰亭帖》）对于全部修禊盛会的文件，仅仅是一部分，今本文集又不是全豹，注家又常有删有补，在这三种情况下来比较它的异同，《兰亭帖》和《世说》注的不相应，自是必然的事。抓住这一种现象来怀疑《兰亭序》文章草稿，在逻辑上，殊难成立。

以上是本证。再看旁证：三代吉金，一人同作数器，或一器底盖同有铭文，其文互有同异的很多；韩愈的文章，集本与石刻不同的也很多；欧阳修《集古录》，集本与墨迹本不同也很多，并且今天所见墨迹各篇俱无篇题；苏轼《定惠院寓居月夜偶出》诗二首，流传有草稿本，前无题目，第二首末较集中亦少二句，盖非最后的定稿。翁方纲曾考之，见《复初斋文集》卷二十九，这都是金石家、文学家所习知的事，博学的李文田氏，何至不解此例？于是再读李跋，见末记此为浙江试竣北还时所书。因忆当日科举考试，虽草稿也必须写题目，稿文必与眷正相应，否则以违式论，甚至科以舞弊的罪名。我才恍然明白李氏这时的头脑中，正纠缠于这类科场条例，并且还要拿来发落王右军罢了！

至于书法，简札和碑版，各有其体。正像同在一个碑上，碑额与碑文字体也常有分别，因为它们的作用不同。并且同属晋代碑版，也不全作《二爨》的字体。如果必方整才算银钩铁画，那么周秦金石、汉魏碑版俱不相符，因为它们还有圆转的地方。不得已，只有所谓欧体宋板书和宋体铅字，才合李氏的标准。且今西陲陆续发现汉晋简牍墨迹，其中晋人简牍，行草为多，就是真书，也与碑版异势，并且也不作《二爨》之体，越发可以证明，其用不同，体即有别。且出土简牍中，行书体格，与《兰亭》一路有极相近的，而笔法结字的美观，却多不如《兰亭》，才知道王羲之所以独出作祖的缘故，正是因为他的真、行、草书，变化多方，或刚或柔，各适其宜。简单地说，即是在当时书法中，革新美化，有开创之功而已。后来"崇古"的人，常常以"古"为"美"，认为风格质朴的高于姿态华丽的，这是偏见，已不待言。而韩愈诗说："羲之俗书趁姿媚。"虽然意在讽讥，却实在说出了真相，如果韩愈和王羲之同时，而当面说出这话，恐怕王羲之正要引为知己的。

李跋称何延之记"事如目睹"，并且特别提出它收于《太平广记》中，意谓这篇《兰亭记》是小说家言，不足为据，遂并疑《兰亭帖》为伪。不知小说即使增饰故实，和《兰亭帖》的真伪是无关的。正如同不能因为疑虬髯客、霍小玉的事情是否史实，便说唐太宗、李益并无其人。

三

世传《兰亭帖》摹本刻本，多如牛毛，大约说来，不出五类：一、唐人摹拓本。意在存真，具有复制原本的作用。二、前人临写本。出于临写，字形行款相同，而细节不求一一吻合。三、定武石刻本。四、传刻本。传刻唐摹或复刻定武，意在复制传播，非同蓄意作伪。五、伪造本。随便拼凑，妄加古人题署，或翻刻，或临拓，任意标题，源流无可据，笔法无足取，百怪千奇，指不胜屈，更无足论了！

功见闻寡陋，所见的《兰亭帖》尚不下百数十种，足见传本之多。现就所见的几件真定武本和唐临、唐摹本，略记梗概于后。

一、定武本

甲、柯九思本

故宫藏，曾见原卷。五字已损，纸多磨伤，字口较模糊。隔水有康里巎巎、虞集题记，后有王瀚、忠侯之系、公达、鲜于枢、赵孟頫、黄石翁、袁桷、邓文原、王文治诸跋。有影印本。

乙、独孤本

原装册页，经火烧存残片若干，今已流入日本。我见到西充白氏影印本。这帖五字已损，赵孟頫得于僧独孤长老的。帖存三片，字口亦较模糊。后有吴说、朱敦儒、鲜于枢、钱选跋，赵孟頫十三跋并临《兰亭》一本，又柯九思、翁方纲、成亲王、荣郡王诸家跋。册中时有小字注释藏印之文，乃黄钺所写。

丙、吴炳本

仁和许乃普氏旧藏，今已流入日本。我见到影印本。五字未损，拓墨稍重，时侵字口，还有后人涂墨的地方（如"悲也"改"悲夫"字，"也"字的钩；"斯作"改"斯文"，"作"字痕迹俱涂失）。后有宋人学黄庭坚笔体的录李后主评语一段，又有王容、吴炳、危素、熊梦祥、张绅、倪瓒、王彝、张适、沈周、王文治、英和、姚元之、崇恩、吴郁生、陈景陶、褚德彝诸跋。

其他如真落水本确闻还在某藏家手中，惜不详何人何地。文明书局影印一落水本，是裴景福氏所藏，本帖、题跋、藏印，完全是假的（其他伪本极多，不再详辨。这本名气甚大，故特提出）。

二、唐临本

甲、黄绢本

高士奇、梁章钜旧藏，今已流入日本。我见到影印本。其帖绢本，"领"字上加"山"字，笔画较丰腴，有唐人风格而不甚精彩，字形不拘成式[1]（如"群"字权脚之类），是临写的，非摹拓的。后有米芾跋，称为王文惠故物。首曰"右唐中书令河南公"云云，末曰"壬年八月廿六日宝晋斋舫手装"。款曰"襄阳米芾审定真迹秘玩"。再后有莫云卿、王世贞、周天球、文嘉、俞允文、徐益孙、王稚登、沈威、翁方纲、梁章钜等跋。

故宫藏宋游似所题宋拓褚临《兰亭》卷，经明晋府、清卞永

[1]定武程式中尚有"崇"字"山"下三点一事，按各摹临本"崇"字"山"下只有一横，并无一本作三点的，可知定武"山"下的左二点俱是泐痕。

誉、安岐递藏。原帖后连米跋，即是此段。但《兰亭》正文与此黄绢本不同。且"领"字并不从"山"。装潢隔水纸上有游似跋尾墨迹，云："右褚河南所摹与丙帙第三同，但工有功拙，远过前本尔。"下押"景仁"印，又有"赵氏孟林"印。可知黄绢之卷，殆后人凑配所成。不是米跋的那件原物。

乙、张金界奴本

故宫藏，曾屡观原卷。《戏鸿堂》《秋碧堂》等帖曾刻之。乾隆时刻《兰亭八柱帖》，列此为第一柱。原卷白麻纸本，墨色晦暗，笔势时见钝滞的地方，大略近于定武本，细节如"群"脚权笔等，又不尽依成式。帖尾有小字一行曰："臣张金界奴上进。"后有扬益、宋濂、董其昌、徐尚实、张弼、蒋山卿、杨明时、朱之蕃、王衡、王应侯、杨宛、陈继儒、杨嘉祚诸家跋，前有乾隆题识。董跋云："似虞永兴所临。"梁清标遂凿实题签曰："唐虞永兴临《大帖》。"此后《石渠宝笈》著录和《八柱》刻石，直到故宫影印本，俱标称为虞临了。《翁考》云："至于颖上、张金界奴诸本，则皆后人稍知书法笔墨者，别自重摹。"其说可算精识。我颇疑它是宋人依定武本临写者。如"激"字，定武本中间从"身"，神龙本从"旁"，此本从"身"，亦与定武本同[1]。

丙、褚临本

故宫藏，曾屡观原卷。此帖乾隆时刻入《三希堂帖》，又刻入《兰亭八柱帖》为第二柱。原卷淡黄纸本，前后隔水有旧题"褚模王羲之《兰亭帖》"一行，帖后有米芾题"永和九年暮春月"七言

[1] 张金界奴，宛平人，张九思之子。元文宗建奎章阁时任为都主管工事，又曾任提调织染杂造人匠，其父子事迹见虞集所撰神道碑。金界奴即如僧家奴之类。王艺孙《题秋碧堂兰亭》曾为详考，见《惕甫未定稿》卷二十五。

古诗一首。后有"天圣丙寅年正月二十五日重装"一款，乃苏耆所题，又范仲淹、王尧臣、米芾、刘泾诸家观款（以上五题共在一纸）。再后龚开、朱葵、杨载、白珽、仇几、张泽之、程嗣翁等题（以上各题共纸一段）。再后陈敬宗、卞永誉、卞岩跋。前有乾隆题识。此帖字与米诗笔法相同，纸也一律，实是米氏自临自题的。此诗载《宝晋英光集》卷三，题为"题永徽中所模《兰亭序》"，末有"彦远记模不记褚"等句，知米芾并不认为这帖是褚临本。后人题为褚本，是并未了解米诗的意思。

《翁考》卷四云："此一卷乃三事也。其前《兰亭帖》及米元章七言诗为一事，此则米老自临《褚兰亭》，而自题诗于后。虽其帖前有苏氏印，然亦不能专据矣。此自为一事也。其中间天圣丙寅苏耆一题及范、王、米、刘四段，此五题自为一事，是乃真苏太简家《兰亭》之原跋也。至其后龚开等跋以后又为一事，则不知某家所藏《兰亭帖》之后尾也。"翁氏剖析，可称允当。他所见的是一个油素钩本，参以安岐《书画记》所记的。今谛观原卷，帖前"太简"一印，四边纸缝掀起，盖后人将原纸挖一小洞，别剪这印，衬入贴补。年久糊脱，渐致掀起。曾见古书画中常有名人收藏印甚至作者名号印都是挖嵌的，就在影印本里也可以看出。这都是古董家作伪伎俩。至于《兰亭帖》中"快然"作"快（快慢之'快'）然"，米诗中"昭陵"作"昭凌"（从两点水旁），都分明是误字[1]，或者是米迹的重摹本。

其他宋代摹刻唐人临摹（或称褚临、褚摹）的《兰亭帖》，也

[1] "快然自足"的"快"字，《晋书》《王羲之传》已作快慢的"快"，但帖本无论墨迹或石刻，俱作从中央之"央"的"怏"，知《晋书》是传写或版本有误的。

有时见到善本，但流传未广，不再记述。至于明清汇帖中摹刻《兰亭帖》的更多，也不复一一详论。颍上本名虽较高，实亦唐临本中粗率一路的，《翁考》中已先论及了。

三、唐摹本

所谓摹拓的，是以传真为目的。必要点画位置、笔法使转以及墨色浓淡、破锋贼毫，一一具备，像唐摹《万岁通天帖》那样，才算精工。今存《兰亭帖》唐摹诸本中，只有神龙半印本足以当得起。

神龙本，故宫藏，曾屡观原卷。白麻纸本，前隔水有旧题"唐模《兰亭》"四字，郭天锡跋说这帖定是冯承素等所摹，项元汴便凿实以为冯临，《石渠宝笈》《三希堂帖》《兰亭八柱》第三柱，俱相沿称为冯临。帖的前后纸边处各有"神龙"二字小印之半。又有"副骐书府"印（这是南宋末驸马杨镇的藏印）。后有许将至石苍舒等观款八段；再后永阳清叟、赵孟頫题；郭天锡跋赞；鲜于枢题诗；邓文原、吴炳、王守诚、李廷相、文嘉、项元汴跋。前有乾隆题识。

这帖的笔法秾纤得体，流美甜润，迥非其他诸本所能及。破锋和剥落的痕迹，俱忠实地摹出。有破锋的是"岁""群""毕""觞""静""同""然""不""矣""死"各字；有剥痕成断笔的是"足""仰"（此字并有针孔形）、"游""可""兴""揽"各字；有贼毫的是"蹔"字；而"每揽"的"每"字中间一横画，与前各字同用重墨，再用淡墨写其余各笔。原来原迹为"一揽昔人兴感之由，若合一契"，后改"一揽"为"每揽"。这是从来讲《兰亭帖》的人都没有见到的。

并且这"每"字在行中距其上的"哉"及其下的"揽"字，俱甚逼仄，这是因为原为"一"字，其空间自窄。定武本则上下从容，不见逼仄的现象。可知定武不但加了直阑，即行中各字距离亦俱调整匀净了。若非见唐摹善本，此秘何从得见！（影印本墨色俱重，改迹已不能见。）惟怀仁《圣教序》中"闲"字、"迹"字，俱集自《兰亭》，而俱有破锋，神龙本中却没有，可知神龙本也还不是毫无遗漏的。

这一卷的行款，前四行间隔颇疏，中幅稍匀，末五行最密，但是帖尾本来并非没有余纸，可知不是因为摹写所用的纸短，而是王羲之的原稿纸短，近边处表现了挤写的形状。又摹纸二幅，也是至"欣"字合缝，这可见不但笔法存原形，并且行式也保存了起草的常态。若定武本界画条格，四平八稳，则这种情状，不复能见了。至于茧纸原迹的样子，今已不可得见，摹拓本哪个最为得真，也无从比较，但是从摹本的忠实程度方面来看，神龙本既然这样精密，可知它距离原本当不甚远。郭天锡以为定是于《兰亭》真迹上双钩所摹，实不是架空之谈，情理具在，真是有目共睹的。自世人以定武本为《兰亭》标准的观念既成之后，凡定武所未能传出的笔法细节，都以为是褚临失真所致。今观"每"字的改笔，即属定武本所无，而不能说是褚临所改的，那些成见，可以不攻自破了。

这一卷明代藏于乌镇王济家，四明丰坊从王家钩摹，使章正甫刻石于乌镇，见文嘉跋中（卷中有"吴兴"及"王济赏鉴过物"诸印）。其石后归四明天一阁，近代尚存，拓本流传甚多，当是丰氏携归故乡的。摹刻很精，但附加了"贞观""开元""褚氏""米芾"等许多古印，行式又调剂停匀，俱是美中不足。《翁考》纠缠于《兰亭》流传及太平公主借拓诸问题，至以翻本《星凤楼帖》所刻无印章的神龙本为正，都是由于丰氏这一刻本妆点伪印所误。今见原卷，丰氏的秘密才被揭穿（翁方纲之说又见《涉闻梓旧》所刻《苏斋题跋》卷下，他说翻本《星凤楼帖》的无印神龙本圆润在范氏石本之上，这是因翻本笔锋已秃，遂似圆润，比观自可见）。这卷由王氏归项元汴家，项氏之子德弘曾刻石，见朱彝尊跋（《曝书亭集》卷四十六）。未见拓本。

文嘉跋中，更推重荆溪吴氏所藏唐摹本，其帖有苏易简题"有若像夫子"一诗，并宋人诸跋，清初吴升尚见到，载在《大观录》。是明清尚存，并且确知是一个善本，可与神龙本并论的。不知原帖今天是否尚在人间？倘得汇合而比校，则《兰亭帖》的问题或者可以没有余蕴了。

按语：二十世纪六十年代，启功先生曾奉命写过《〈兰亭〉的迷信应该破除》一文，该文观点与此篇文章相异，遵照启功先生生前的意愿，编委会决定该文不收入全集，有关详情，请参见《启功口述历史》。

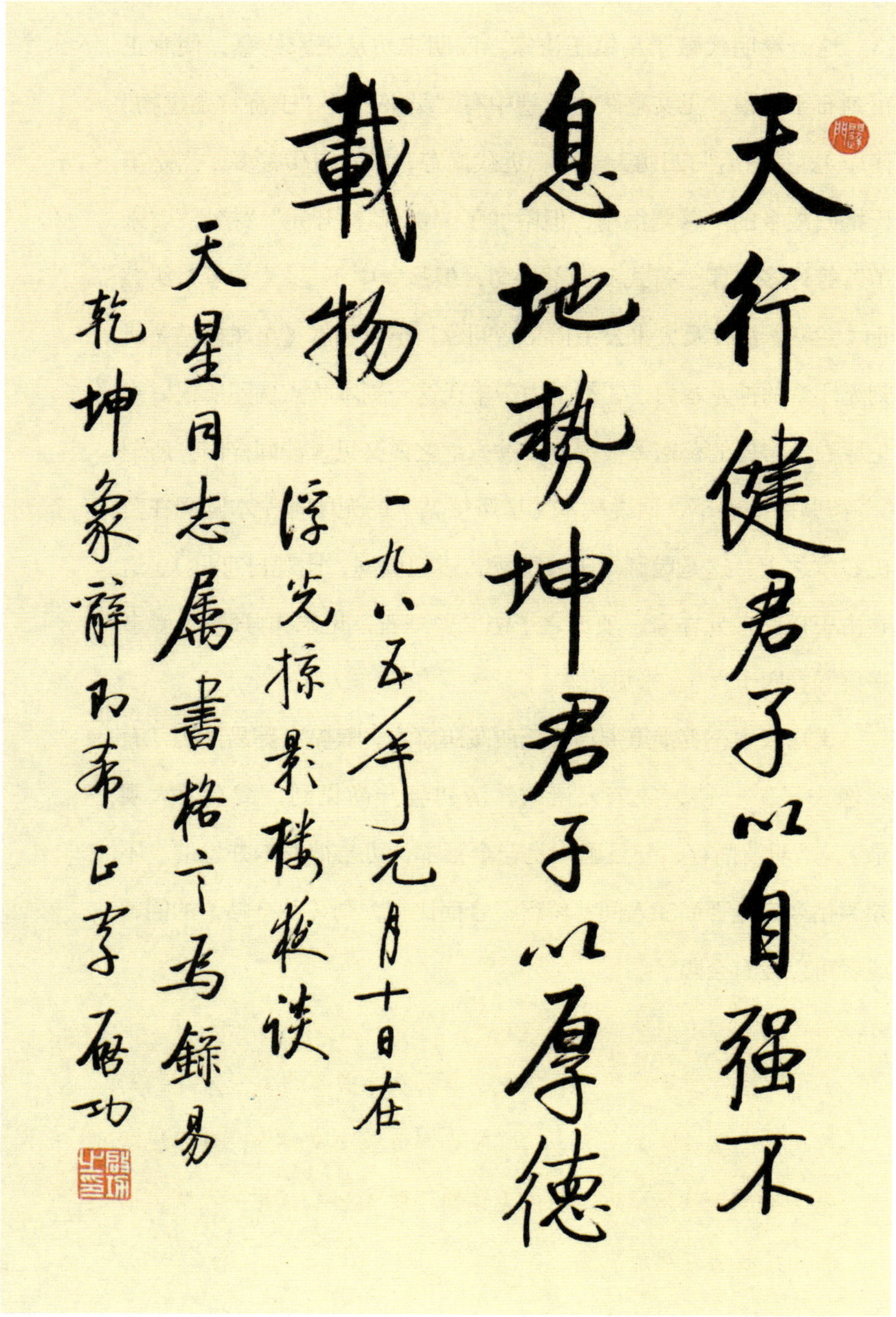
天行健君子以自强不息
地勢坤君子以厚德載物
一九八五年元月十日在
浮光掠影樓枕讀
天星同志屬書格言為録易
乾坤象辭以希正字 啟功

▲ 天行健君子以自强不息（一） 一九八五年作 水墨纸本

唐孙过庭《书谱》，议论精辟，文章宏美，在古代艺术理论中，可称杰构。其所论，于其他艺术，亦多有相通之理，不当专以书法论视之。原稿草书，笔法流动，二王以后，自成大宗。惟作者生平，各书记录甚略，名字籍贯，更多纷歧。其《书谱》卷数之存佚分合，墨迹与刻本孰真孰伪，种种问题，常有聚讼。至于释文定字，亦有异同，于文义出入，所关甚大。功不揣谫陋，试加考索，兼抒管见，著为是篇。敬俟读者予以指正。

…………

三、《书谱》墨迹之流传

《书谱》墨迹在唐代之流传，已不可考。只见张怀瓘《书断》曾引用，日本僧空海曾传录。至宋，米芾《书史》于墨迹始有记述，其后流传，则大略可知。兹就载籍所见，罗列如下：

一、北宋时初在王巩家，转归王诜家。见米芾《书史》。

二、后入宣和御府。见《宣和书谱》。

三、元初在焦达卿家。元周密《云烟过眼录》卷上云："焦达卿敏中所藏唐孙过庭《书谱》真迹上下全。徽宗渗金御题，有政和、宣和印。"

四、经虞集手。孙承泽《庚子销夏记》卷一，记《书谱》墨迹，称所缺之若干字，"虞伯生临秘阁帖补之"。

五、明代上半卷为费鹅湖（宏）藏，下半卷为文徵明藏。见文嘉《钤山堂书画记》。

六、入严嵩家，两半卷合为一轴。见《钤山堂书画记》及《天水冰山录》。

七、严氏籍没后辗转归韩世能。张丑《清河书画舫》卷三云："孙过庭《书谱》真迹亦藏韩太史家，严分宜故物也。"又张丑《南阳法书表》云："孙虔礼《书谱》，前有断缺，宣和政和小玺。"

八、清初在西川士大夫家，见孙承泽《庚子销夏记》卷一。

九、自西川士大夫家归孙承泽。见《庚子销夏记》。今卷中有孙氏藏印。

十、孙承泽藏后，归梁清标，有梁氏藏印。

十一、自梁氏归安岐，曾摹上石。安岐跋其石刻后云："丙戌岁，从真定梁相国家得此真迹。"

十二、安岐藏后，入乾隆御府。刻入《三希堂帖》。后归故宫博物院。

四、记墨迹本

今传《书谱》墨迹本，前绫隔水上端有宋徽宗瘦金书签"唐孙过庭书谱序"，接押双龙圆玺；下端押"宣""和"二字联珠玺，又一大方印不可辨。后绫隔水上端押"政和"二字长方玺，下端押"宣和"二字长方玺。本身纸上前后尚有宋印二方，文不可辨（后一似是"李氏书印"）。尚有孙承泽、梁清标、安岐诸藏印及清代三朝宝玺。

本身首行标题"书谱卷上"下书"吴郡孙过庭撰",次行正文自"夫自古之善书者"起。其后自"也乖合"至"湮讹顷见"十三行,共一百三十一字,误装于"心遽体"之下(故宫第一次影印曾移还原处)。再后"汉末伯英"以下,缺一百六十六字。再后"心不厌精"以下,缺三十字。最末题"垂拱三年写记"一行。

卷身纸本,每纸高约今市尺(每市尺相当三十三厘米又三毫米)八寸余,每纸边有朱印边栏痕迹,纸长今市尺一尺三寸。第一纸十三行,以下十六行至十八行不等。正文首行十一字,以下多者十二字,少者八字,每幅纸边常残存合缝印之边栏。"汉末伯英"以下,以字数计之,且从曹本、薛本审视字形行气,知所缺为十五行,中有夹缝添注小字十字不以行计,"心不厌精"以下,所缺为三行。大略如此。

孙承泽《庚子销夏记》卷一《孙过庭书谱墨迹》条云:

> 甲申忽睹此卷,惊叹欲绝,以市贾索价太昂,不能收,惜悒竟日。卷上有宋高宗、徽宗双龙玺及宣和小玺。卷中"五乖也"下少一百三十字;"汉末伯英"下少一百六十八字,虞伯生临秘阁帖补之。后越六年,复见于西川士大夫家,以予爱之特甚,乃许购得,已将虞所补并后跋割去,时一披阅,觉宋人所刻尚在影响之间,而停云不足言也。

按"五乖"下原缺之一段，今卷中已重补还。且此段实为一百六十六字。"汉末伯英"下实少一百六十六字。记数俱有小误。其后"心不厌精"以下原缺三行，孙氏漏记，不得因此小异而疑孙藏之非此卷也。

由于翻刻诸本流行既久，遂有疑今传墨迹本为摹本者，如有正书局石印刘铁云藏拓本题为《宋拓太清楼书谱》（实为明曹骖刻本，辨详后）。王宝莹跋，据曹本而疑安刻底本（即墨迹本）为宋人模写者。余绍宋《书画书录解题》卷三著录《书谱》，亦谓墨迹本为摹本。按墨迹本有特点数端，试略言之。

一、宣和签题玺印完具。

二、笔锋墨彩，干湿浓淡，处处自然，毫无钩描痕迹。

三、笔法有一种异状，为临写所不能得者。即凡横斜之笔画间，常见有一顿挫处，如竹之有节。且一行中，各字之顿挫处常同在一条直线之地位，如每行各就其顿挫处画一线，以贯串之，其线甚正而且直。又各行之间，此线之距离，又颇停匀。且此线之一侧，纸色常有污痕，而其另一侧，则纸色洁净。盖书写时折纸为行，前段尚就格中书写，渐后笔势渐放，字渐大，常骑在折痕之上写，如写折扇扇面，凸棱碍笔，遂成竹节之状，亦初非有意为顿挫之姿，其未值凸棱之行，则平正无此顿挫之节。纸上污痕，亦由未装背时所磨擦者。今敦煌出土之唐人白麻纸草书《法相宗经论》，所折行格之痕，有至今尚在者。明乎此，则顿挫竹节之异状，可以了然。明代翻刻之本，或由不解其故，或由摹勒粗率，遂至失之。

（节笔之说，日本松本芳翠有《关于孙过庭〈书谱〉之节笔》一文，见《书苑》第一卷第七号。）

再观墨迹行笔甚速，与《书断》所言"伤于急速"之说相合，如谓此卷为面对真迹临写而成者，则行笔既速，笔笔顿挫处又恰尽在同一直线处，殊不可能。如谓为双钩廓填者，其顿挫位置固易准确，但其墨之浓淡及侧锋枯笔，何以如此之活动自然？双钩古帖，虽精工如《万岁通天帖》，其墨色浓淡、行笔燥湿处，亦终与直接写成者有别。如谓为宋人折纸为行以临者，其顿挫固可同在一行，行笔亦可不同于钩填，但宣和签印，事事的真，宣和何至误收当代临本。可知宣和御府所收，即为此本。

近年见真宋刻残本，其字形、顿挫，俱与墨迹吻合，知宣和入石，即据此墨迹。

五、其他墨迹异本

清吴升《大观录》卷二曾记三种《书谱》墨迹本，其原物今皆未见，考其所言，盖是临摹之本，以尚未经目验，姑用存疑，只称之为"异本"。吴升曰：

> 孙过庭《书谱》真迹，牙色纹纸本，七接，首有痕如琴之断纹，古气奕奕，草书指顶大，墨彩沉厚，而结体运笔，俱得山阴正脉。吴傅朋长跋六百余言，小楷精妙，不负南渡书名第

一。后宋元明题识历历。接纸处及前后隔水，傅朋收藏诸印粲列，骑缝又有秋壑封字方印，拖尾宋光笺极佳，北平孙少宰收藏物也。按此迹宣和曾经刻石，傅朋得之，又镵置上饶署中。入明，黔宁王沐昕亦有刻本，字体小弱，与此迥异。别见黄信纸不全墨本，虽宋初人所临，然殊精彩有骨力。又有黄笺一本，乃元人临者，纸嫩薄，墨浮花，较对真迹，总若河汉耳。

按其所记之第一本，只有吴说（傅朋）藏印跋尾，及贾似道（秋壑）藏印，虽言宋元明题识历历，独未有宣和签印，其非《宣和书谱》之本甚明。至云为孙少宰（承泽）收藏之物，倘非吴升误记，则孙承泽曾并藏两卷，而其《销夏记》不著录此吴说旧藏之本，其故亦颇可研究。今试推测，此盖为一摹本。所谓笔法得"山阴正脉"者，殆与阁帖面目相近而已。《大观录》于此段记述之后，继录《书谱》本文，自"书谱卷上"起，至"写记"止，与其他各本无异。释文字有异同不足论。古跋一无所录。其所记第二本，所谓不全而有骨力者，余窃疑即今之墨迹本。彼以所谓"山阴正脉"者为真，则当然视此为临本。即如清季王宝莹曾以曹、薛之本为中锋、为真本，以安刻本为偏锋、为摹本，殆属同类。所惜吴氏之言过简，一时难得确证。

清吴其贞《书画记》卷五记《孙过庭绢本书谱一卷》云："前段缺去六行，系后人全者。书法纵逸，多得天趣，为神品之书。识曰'垂拱元年写记'。此书已刻入停云馆。"按是另一种绢上摹本。

一

王羲之的《兰亭序》文章，在骈俪盛行的六朝前期，是一篇不为风气所拘、具有特殊风骨的作品。他亲笔所写这篇文章的草稿，即世传的《兰亭帖》，字迹妍丽，也是钟繇以后的一个新创造、新成就。

我们从碑版和笺牍中看到汉魏之际的书法，逐渐融合并发展汉隶和草书的结构与笔势，形成了"真书"和"行书"，这要以钟繇的章疏字迹为代表，但他的结字和用笔都比较简单朴拙，或者说姿态不够华美。

到了东晋王羲之，在钟繇的创作基础上加工美化，无论恭楷的真书（像《旦极寒》等帖），或稍流动的行书（像《兰亭帖》《快雪时晴帖》等），或纵横的草书（像《十七帖》《淳化阁帖》中草书各帖），都表现了一种新颖姿媚的风格。试以近代西北出土的前凉张骏、张重华父子时西域长史李柏的书疏稿来看，这篇稿的书写时间，相当东晋永和初年，距离王羲之写《兰亭帖》时早不到十年，所用的"行书"形式，也是一类的，而笔法姿态远不如《兰亭帖》那样美观。这固然可以推到地区南北的因素上，但再看米芾所刻《宝晋斋帖》中谢安的《慰问帖》，与《兰亭帖》比，并无南北之分，却也不那么妍美。可见王羲之所以成为书法史上的一个祖师，实是由于具有特殊创造的缘故。唐代韩愈《石鼓歌》说："羲之俗书趁姿媚。"这真说出了王羲之书法的特点。韩愈要以"古"

为"雅"，那么即是李斯篆、蔡邕隶对于《石鼓》来说，也可以算作"俗书"了。这先不必去管他，只看"趁姿媚"的评语，虽然是从讽刺角度出发，却客观上道出了王羲之的风格特点。

清代有些人以晋代碑版上的隶书、真书来衡量《兰亭帖》，并怀疑《兰亭帖》不是晋人的字迹，以为只是陈、隋至唐代的人们仿写或伪造的。他们不想碑版和笺牍的体用不同，不能运用同样的体势。并且即使同属笺牍范围，王羲之的所以著名，也正在他创造了妍丽的风格，改变了旧有姿态。分清这一问题，王羲之在书法史的

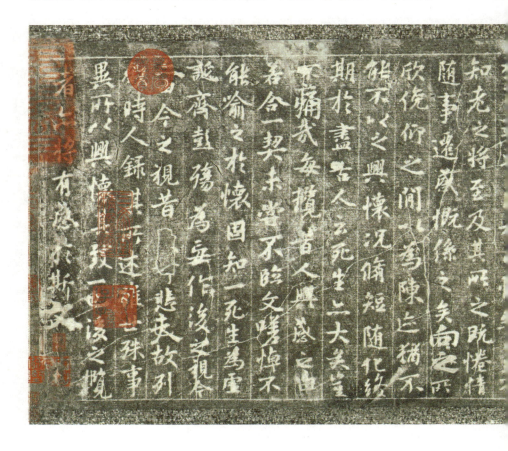

作用和《兰亭帖》的艺术特色，才容易了然。

　　王羲之的《兰亭帖》原迹已被殉葬在唐太宗的昭陵里，后世所传，只是一些摹拓本和石刻本。唐代名手精摹的本子，到了宋代已不易多得。北宋前期在定武军（今河北定县）地方发现了一块石刻《兰亭帖》，摹刻的又较其他刻本精致，拓本在当时自更易于流传，于是定武石刻便被人们认为是《兰亭帖》的真影了。后来定武石刻捶拓得逐渐模糊，便产生了是秃笔所写的错觉。所以赵孟頫《兰亭十三跋》里说："右军书兰亭是已退笔。"后人又因它的笔画已钝，

便说是欧阳询所临；而一些唐摹墨迹本笔画锋利流动，便说是褚遂良所临；又常有人把一些失名人所摹的《兰亭帖》随便指为唐代某家所摹，其实都是毫无根据的。清代有人又在欧、褚临摹这些讹传下，认为今传的《兰亭帖》只是欧、褚的字迹，不能代表王羲之，这大约都由于没有看到过精致的摹本所致。

究竟王羲之《兰亭帖》的本来面目应该是什么样子？现在的摹拓本或石刻本中哪种本子传摹得最精致，或说最有接近原本的可能呢？我们综合来看，要以《神龙本》为比较优异，即是《文物精华》所印的第一种。这卷是白麻纸本，高24.5厘米，宽69.9厘米，今藏故宫博物院。

二

现在初步把这一卷和其他唐代拓摹、定武石刻的本子相较，发现以下几项特点：一、这卷的字迹不但间架结构精美，行笔的过程、墨彩的浓淡，也都非常清楚，古人说"摹书得在位置，失在神气"，这卷却是有血有肉，不失神气的。例如拿唐代怀仁《集王圣教序》中摹集《兰亭》里的字和这卷相比，即最肥的《墨皇本圣教序》，也比这本还瘦，但那些字在这卷里，并不显得臃肿痴肥。二、这卷具有若干处破锋（例如"岁""群"等字）、断笔（例如"仰""可"等字）、贼毫（例如"暂"字"足"旁），摹者都表现了谨慎精确的态度。三、墨色具有浓淡差别，改写各字，如

"因""向之""痛""夫""文"和涂去的"良可",都表现了层次的分明。还有两个字,即"每"字原来只写个"一"字,大约是因与下句"一契"的"一"字太近,嫌其重复,改为"每"字,这里"每"字的一大横,与上下文各字一律是重墨,而"每"的部分却全是淡笔,表现了改写的程序。还有"齐""殇"二字一律是横放的间架,也全是重墨所写,中间夹了一个"彭"字,笔势比较收缩,墨色也较湿、较淡,可知是最初没有想好这里用什么字,空了一格,及至下文写完,又回来补上这"彭"字。从这两个字的修改,可以多知道些王羲之当时起草构思和修辞的情况,但这不但是石刻所不能表达,即是普通的摹拓本也绝对罕见这样的例子。四、这本的行气疏密,保存了起草时随手书写的自然姿态:前边开始写时较疏,后边接近纸尾时较密。这幅摹写用的纸,在末行左边尚有余纸,可见末几行的拥挤并非由于摹写用纸的不够,而是依照底本的原式。至于定武石刻,把行款排匀,加上竖格后,这种现象便完全看不到了。

只从这几点来看,足知这卷保存《兰亭帖》原本的迹象。所以元代郭天锡跋这卷说是"于兰亭真迹上双钩",又说"毫铓转折,纤微备尽,下真迹一等",又说"宜切近真"。这并非一般的夸耀,实是受这些显证的启示。

或问:这卷中的破锋、断笔、贼毫等现象,是否出于唐代某一书家临写时信笔所致?怎能便认为是王羲之原迹上的现象?回答是:一、具有这些现象的唐摹本,不止这一卷,只是这卷里更多些；即定武石刻也还存在"群"下脚双权的痕迹；又怀仁《集王圣教序》里也同样存在着一些这样的痕迹；可见这并非是源于唐代某一临写者自己偶然出现的手病。二、像"每"字的改笔，"彭"字的补填，信笔临写的人又何必多费这一道手续呢？因此可以判断它们是王羲之《兰亭帖》原迹里所有的。而这卷描摹的精确，也正足以取信于人。按唐摹《兰亭帖》有两方面的价值：一是书法艺术，足资临习借鉴；一是王羲之原本的面貌，足供研究探索。这卷《神龙本》，是堪称俱有的。

一般的石刻字迹，最容易出现一种"古朴"的艺术效果，因为字口经过刀刻，笔画中又无浓淡。这在刊刻印章的过程中，最易体会：用笔写在印石上的字迹，多半不如刻出来的字迹使人觉得"厚重"。在书法中也是一样。这卷摹拓的特色之一，既是注意墨彩的浓淡，当然不如石刻不分浓淡的那样"浑厚"，也恐不如有些平填浓墨的摹拓本那样"呆重"，这正是这卷的优点，而非缺点。

在明、清以来所存的摹本《兰亭帖》中，确出唐摹，传流有据的，约有三本，即这卷里文嘉跋尾所说：《宜兴吴氏本》《陈缉熙本》和这卷《神龙本》。今存的陈氏本，正帖已是后人重摹，附装原跋，现藏故宫博物院。《宜兴吴氏本》自清初吴升《大观录》卷一著录后，即无踪迹。吴升说那卷："牙色纸本坚厚，自非唐以后物，字画锋韬锷敛，绝无尖毫纤墨一点败阙，而浓润之气，奕奕焕发，唐摹禊帖，此当称首。"从这些话来看，它必不能表现《神龙本》中的浓淡墨色，那么它"称首"的资格，也就大成疑问了。

总之今天所见的唐摹《兰亭》，还没有一件能够胜过这"神龙"一卷的。

三

这一卷的流传经过是这样：唐初的精摹本，在当时已经非常珍贵，受赐的只有少数的贵爵和大臣，所以唐中宗在精摹本上钤了自己年号的"神龙"印章，以为收藏的标志。神龙年代以后，流传经过不可考。南宋初年，曾入绍兴内府，有"绍兴"印。相传宋理宗嫁周汉国公主给杨镇，取复古殿所藏的《神龙兰亭》为第一件妆奁，郭天锡跋这卷说"传是尚方资送物"，即指这事。所以这卷上有杨镇的"疏茧书府"印。"疏"即"副"，"副茧"即"驸马"。元代柳贯说杨镇好蓄法书名帖，常把藏品刻石，凡刻过的底本都印上"副茧书府"的印，见《柳待制集》卷十九《题唐临吴兴二帖》。这卷上即有这方印，想当时必曾经杨镇摹刻，拓本今已不可考。到了元代，郭天锡从"杨左辖都尉"（即杨镇）家获得，自作长跋，并经鲜于枢题诗。到了明代，不知什么人把元人吴炳所藏的《定武兰亭》里的一部分宋元人题跋割下装入这一卷里，即是许将、王安礼、朱光裔、王景修、仇伯玉各条以及吴炳天历二年、至正丁亥两条和王守诚一条。这些题跋原在定武本后的记载见明朱存理《铁网珊瑚》卷一。至于永阳清叟、赵孟頫两跋，语气也看不出与"神龙本"有什么密切关系，连上这段纸尾邓文原一条，似乎也都是配入的。明代中期，这卷《神龙本》归于乌镇王济，有"王济赏鉴过物"印，丰坊曾为他摹刻入石，又曾请李廷相题跋。丰刻本流传有名，但行气调剂匀整，又加刻了些"贞观""褚氏""宣和""米芾"等印，给后来考证者增加了许多麻烦。后来又归项元汴，曾请文嘉题跋。项氏因郭天锡跋中说"定是太宗朝供奉拓书人直弘文馆冯承素等奉圣旨于兰亭真迹上双钩所摹"，便抛开了"等"字，凿实指为冯承素的作品，还说"唐中宗朝冯承素奉敕摹"，又注"唐宋元明名公题咏"，冯承素是太宗时人，明见唐人记载，又把"神龙"印识充归"唐宋题咏"，都是明显的讹误。项氏曾刻石，拓本流传甚少。

这卷中的题跋与本帖还有一段离合的经过，因而引起过种种误会：清初吴其贞的《书画记》卷四"王右军兰亭记"条记卷后的题跋说："熙宁元丰年石苍舒等十人题拜观，元鲜于伯机等四人题跋，王守诚等三人题拜观，明文文水等二人题跋，跋语皆浮泛无定指，闻此卷还有一题跋，是冯承素所摹者，为陈以谓（按，'谓'为'御'之误，陈定字以御，是当时的一个大古董商）切去，竟指为右军书，而神龙小玺亦以谓伪增，故色尚滋润无精彩，惟绍兴玺为本来物也。"这事在顾复的《平生壮观》卷一"神龙兰亭"条也有记载，他说："金陵陈以御从太平曹氏得之，拆去元人诸诗跋，云是右军真迹，高价以售延令季因是铨部，铨部亦居诸不疑，忻然以为昭陵殉物竟出人间也，后知其故，乃索诸跋而重装，今仍全璧，大幸大幸。"综观二人所记，知被陈定抽去的只是郭天锡一跋，因为郭跋中说是冯承素等所摹，吴其贞见到时郭跋尚未归还，遂连神龙小玺都疑是陈定所加，不知郭跋中早已提到。吴氏书中的记载，至晚到康熙十六年，顾氏书自序在康熙三十一年，可知郭跋的归还约在这段时间里。

这卷到清代入乾隆内府，把它和号称为虞世南临的《天历兰亭》，号称为褚遂良临的《米跋兰亭》，加上柳公权书《兰亭诗》和四卷柳书《兰亭诗》的临、摹本，共八卷，分刻在一个亭子的石柱上，称为《兰亭八柱帖》，这卷即居第三。又刻入《三希堂帖》，都仍冠以冯承素的名字。石刻本中，从前共推丰本为最精，但与墨迹本并观，距离之远，真是不可以道里计的。今天精印墨迹，不但笔法纤毫可见，墨彩浓淡也完全分出。诚如拨云见日，观者必将同感一快。

四

《文物精华》所印唐摹《兰亭帖》第二种，绢本，高24.4厘米，长65.7厘米，末行"斯文"之下有"茝印""子由"二印，模糊不甚清。卷中有明代项元汴藏印甚多。前有明代董其昌题引首，残存"墨宝"二字。卷尾有明代许初、清代王澍、贺天钧、唐宇肩、朱承瑞、顾莼、梁同书、孙星衍、石韫玉诸跋。道光时为梁章钜所得，前后插有他的题识四处。咸丰时有李佐贤、韩崇光两跋。正帖在康熙时曾经朱承瑞刻石，卷中附装拓本一纸。这卷今藏湖南省博物馆。自宋以来，常把一些唐人摹拓本指称为褚遂良临摹，于是这卷失名人摹本也被称为褚临，现在只称为"唐摹"。

按《兰亭帖》的面貌，既已在神龙本里得到了许多启示，再遇到其他一些唐摹本或旧摹本中的优点和缺点，也就不难领略、印证。其中行笔结字，得神得势的地方，当然容易看出，即使有些不够自然的地方，也可以理解是如何描摹"走样"的，并且还可以推想如果未致"走样"，又应是个什么样子。

这一卷的摹拓技巧确实比不了神龙本那样精密，又因用的是绢素，有些纸上的效果不易传出，那许多破锋、贼毫等都没能表现出来，更无论墨色的浓淡了。但是主要的笔意、字形，仍然保存，尤其是笔与笔、字与字、行与行之间，都表现了映带关系和顾盼姿态。还有点划的肥瘦，牵丝的联系，都明白地使人看到书写时行笔的轻重、疾徐，可以说仅次于神龙本一等。

梁章钜曾得到两件唐摹《兰亭》，这卷之外还有一卷黄绢本，后附米芾小行书跋及许多明人题跋。流传影印本甚多。梁氏品评黄绢本在这一卷之上。按黄绢本"领"字作"岭"，是来自另一种系统的底本，文嘉为王世贞作跋说："摹本虽得位置，而乏气韵，临本于位置不无少异，而气韵奕奕，有非摹本可及。"意在言外说明它是一种临仿所写，而非出于精确钩摹。用故宫博物院藏南宋游似旧藏宋刻本相校，知今天的黄绢正帖已不是米跋的原物。至于梁氏题现在湖南这一卷认为"锋棱颇露"，又在他的《退庵题跋》卷六里说："此本轩豁刻露，过于黄绢本。"又说："顾南雅跋所称虚和古拙者，尚未似也。"这固然由于他们二人审美的角度不同，更重要的恐怕是旧时人们见惯了定武石刻的秃锋，不但把那种现象看作《兰亭》的标准，甚至也看作书法艺术的标准，所以顾莼泛用"虚和古拙"来称赞它，而梁章钜却嫌它过露锋棱，其实尊古拙和嫌锋棱，同是来自上述原因，并不难于索解的。

　　法书名画，既具有史料价值，更具有艺术价值。由于受人喜爱，可供玩赏，被列入"古玩"项目，又成了"可居"的"奇货"。在旧社会中，上自帝王，下至商贾，为它都曾巧取豪夺，弄虚作假。于是出现过许多离奇可笑的情节，卑鄙可耻的行径。

　　即以伪造古名家书画一事而言，已经是千变万化，谲诈多端。这里只举一件古代法书的公案谈谈，前人作伪，后人造谣，真可谓"匪夷所思"了！

　　有一个古代狂草体字卷，是在五色笺纸上写的。五色笺纸，每幅大约平均一尺余，各染红、黄、蓝、绿等不同的颜色，当然也有白色的。所见到的，早自唐朝，近至清朝的"高丽笺"，都有这类制法的。这个卷子即是用几幅这种各色纸接连而成的。写的是庾信的诗二首和谢灵运的赞二首。原来还有唐人绝句二首，今已不存。也不晓得原来全卷共用了多少幅纸，共写了多少首诗，也没保留下写者的姓名。

▲ 张旭草书古诗四帖

卷中用的字体是"狂草"，十分纠绕，猛然看去，有的字几乎不能辨识，纸色又每幅互不相同，作伪的人就钻了这个空子。

　　为了便于说明，这里将现存的四幅按本文的顺序和写本的行款，分幅录在下边，并加上标点：

第一幅：

　　东明九芝盖，北

　　烛五云车。飘

　　飘入倒景，出没

　　上烟霞。春泉

　　下玉溜，青鸟下金

　　华。汉帝看

　　桃核，齐侯

第二幅：

问棘（枣）花。应逐

上元酒，同来

访蔡家。

北阙临丹水，

南宫生绛云。

龙泥印玉荣（策），

大火炼真文。

上元风雨散，

中天哥（歌）吹分。

虚驾千寻上，

空香万里闻。

谢灵运王

第三幅：

子晋赞

淑质非不丽，

难之以百年。

储宫非不贵，

岂若上登天。

王子复清旷，

区中实哗（此字误衍）

嚻（嚣）喧。既见浮

丘公，与尔

共纷繙。

第四幅：

岩下一老公

四五少年赞：

衡山采药人，

路迷粮亦绝。

回息岩下坐，

正见相对说。

一老四五少，

仙隐不别

可（可别二字误倒）。其书非

世教，其人

必贤哲。

　　作伪者把上边所录的那第二幅中末一个"王"字改成"书"字。他的办法是把"王"字的第一小横挖掉，于是上边只剩了竖笔，与上文"运"字末笔斜对，便像个草写的"书"字。恰巧这一行是一篇的题目，写得略低一些，更像是一行写者的名款。再把这一幅放在卷末，便成了一卷有"谢灵运书"四字款识的真迹了。

这个"王"字为止的卷子，宋代曾经刻石，明代项元汴跋中说：

余又尝见宋嘉祐年不全拓墨本，亦以为临川内史谢康乐所书。

卷中项跋已失，汪珂玉《珊瑚网》卷一曾录有全文。又丰坊在跋中也说：

右草书诗赞，有宣和钤缝诸印……世有石本，末云"谢灵运书"。《书谱》[1]所载《古诗帖》是也……石刻自"子晋赞"后阙十九行，仅于"谢灵运王"而止，却读"王"为"书"字，又伪作沈传师跋于后。

[1]《书谱》指《宣和书谱》。

按现在全文的顺序，"王"字以后还有二十一行，不是十九行，这未必是丰坊计算错误，据项元汴说：

可惜装背错序，细寻绎之，方能成章。

那么丰坊所说的行数，是根据怎样的裱本，已无从察考。只知道现在的这一卷，比北宋石刻本多出若干行。它是怎样分合的？王世贞在《弇州四部稿》卷一五四《艺苑卮言》中说：

陕西刻谢灵运书，非也，乃中载灵运诗耳。内尚有唐人两绝句，亦非全文。真迹在荡口华氏，凡四十年购古迹而始全，以为延津之合。属丰道生鉴定，谓为贺知章，无的据。然道俊之甚，上可以拟知章，下亦不失周越也。

　　华夏字中甫，号东沙子，是当时有名的"收藏家"，丰坊字道生，号人叔，又称人翁，是当时著名的文人，做过南京吏部考功主事，精于鉴别书画，华家许多古书画，都经过他评定的。从王世贞的话里可以明白，全卷在北宋时拆散，一部分冒充了谢灵运，其余部分零碎流传。华夏费了四十年的工夫，才算凑全，但那两首残缺的唐人绝句，华夏仍然没有买到。不难理解，华夏购买时，仍是谢灵运的名义，买到后丰坊为他鉴定，才提出怀疑的。卖给华夏的人，如果露出那二首唐人绝句，便无法再充谢书，所以始终没有再出现。华夏购得后，王世贞未必再见。至于是否王世贞误认庾谢诸诗为唐人句呢？按卷中现存四首诗，第一首十句，其他三首各八句，并无绝句。又都是全文，并无残缺。王世贞的知识那样广博，也不会把六朝人的一些十句和八句的诗误认为唐人绝句。根据这些理由，可以断定是失去两首残缺的唐人绝句。

　　这卷草书在北宋刻石之后，曾经宋徽宗赵佶收藏，《宣和书谱》卷十六说：

　　谢灵运，陈郡阳夏人……今御府所藏草书一：《古诗帖》。

从现存的四幅纸上看，宋徽宗的双龙圆印的左半在"东明"一行的右纸边，知为宣和原装的第一幅。"政和""宣和"二印的右半在"共纷缛"一行的左纸边，知为宣和原装的末一幅。可见宣和时所装的一卷已不是以"王"字收尾的了。这可能是宣和有续收的，也可能宣和装裱时次序还没有调整。总之，自北宋嘉祐到明代嘉靖时，都被认为是谢灵运的字迹。

以上是作伪、搞乱、冒充的情况。

下面谈董其昌的鉴定问题。

在这卷中首先看出破绽的是丰坊，他发现了卷中四首诗的来源，他说：

按徐坚《初学记》载二诗二赞，与此卷正合。

又说：

考南北二史，灵运以晋孝武太元十三年生，宋文帝元嘉十年卒。庾信则生于梁武之世，而卒于隋文开皇之初，其距灵运之没，将八十年，岂有谢乃豫写庾诗之理。

当时又有人疑是唐太宗李世民写的，丰坊说：

或疑唐太宗书，亦非也。按徐坚《初学记》……则开元中坚暨韦述等奉诏纂述，其去贞观，又将百年，岂有文皇豫录记中语乎？

这已足够雄辩的了。他还和《初学记》校了异文，只是没谈到"玄水"写作"丹水"的问题而已。

古代诗文书画失名的很多，世人偏好勉强寻求姓名，常常造成凭空臆测。丰坊在这方面也未能例外，他说：

唐人如欧、孙、旭、素，皆不类此，唯贺知章《千文》《孝经》及《敬和》《上日》等帖气势仿佛。知章以草得名……弃官入道，在天宝二年，是时《初学记》已行，疑其雅好神仙，目其书而辄录之也。又周公谨《云烟过眼集》[1] 载赵兰坡与勋所藏有知章《古诗帖》，岂即是欤？

[1]"集"是"录"的误字。

他历举欧阳询、孙过庭、张旭、怀素的书法与此卷相较，最后只觉得贺知章最有可能，恰巧周密的《云烟过眼录》中曾记得有贺知章的《古诗帖》，使他揣测的理由又多了一点。但他的态度不失为存疑的，口气不失为商量的。但"好事家"的收藏目的，并不是为科学研究，而是要标奇炫富。尤其贵远贱近，宁可要古而伪，不肯要近而真。丰坊的揣测，当然不合那个富翁华夏的意图，藏家于是提出并不存在的证据，使得丰坊随即收回了自己的意见，说：

然东沙子谓卷有神龙等印甚多，今皆刮灭……抑东沙子以唐初诸印证之，而卷后亦无兰坡、草窗等题识，则余又未敢必其为贺书矣。俟博雅者定之。

这些话虽是为搪塞华夏而说的，但他并没有翻回头来肯定谢书之说。丰坊这篇跋尾自己写了一通，后又有学文徵明字体的人用小楷重录一通，略有删节，末尾题"鄞丰道生撰并书"。

这卷后来归了项元汴，元汴死后传到他的儿子项玄度手里，又请董其昌题，董其昌首先说：

唐张长史书庾开府《步虚词》，谢客[1]王子晋、衡山老人赞，有悬崖坠石急雨旋风之势，与所书《烟条诗》《宛谿诗》同一笔法。颜尚书、藏真[2]皆师之，真名迹也。

这段劈空而来，就认为是张旭所写，随后才举出《烟条》《宛谿》二帖的笔法相同。但二帖今已失传，从记载上知道，并无名款，前人也只是看笔法像张旭而已。董其昌又说：

自宋以来，皆命之谢客……丰考功、文待诏皆墨池董狐，亦相承袭。

后边在这问题上他又说：

丰人翁乃不深考，而以《宣和书谱》为证。

这真是瞪着眼睛说瞎话！丰坊的跋，两通具在，哪里有他举的这样情形呢？又文徵明为华夏画《真赏斋图》、写《真赏斋赋》和跋《万岁通天帖》时，都已是八十多岁了，书法风格与这段抄写丰跋的秀嫩一类不同。即使是文徵明的亲笔，他不过是替丰坊抄写，并非他自己写鉴定意见，与"承袭"谢书之说的事无关。董其昌又说：

顾《庾集》自非僻书，谢客能预书庾诗耶？

他只举《庾开府集》，如果不是为泯灭丰坊发现四诗见于《初学记》的功劳，便是他以为《初学记》是僻书了。他还为名款问题掩饰说：

或疑卷尾无长史名款，然唐人书如欧、虞、褚、陆，自碑帖外，都无名款，今《汝南志》《梦奠帖》等，历历可验。世人收北宋画，政不需名款乃别识也。

按，欧阳询、虞世南、褚遂良都有写的碑刻流传，陆柬之就没有碑刻流传下来。陆写的帖，《淳化阁帖》中所刻的和传称陆写的《文赋》《兰亭诗》，也都无款。"自碑帖外"这四字所指的人，并不能包括陆柬之。他还不敢提出《烟条》二帖为什么便是衡量张旭真迹的标准，而另以其他无款的字画解释，实因这二帖也是仅仅从风格上被判断为张书的。他这样来讲，便连二帖也遮盖过去了。

董其昌又说：

夫四声始于沈约，狂草始于伯高，谢客皆未有之。

"始于"不等于"便是"，文字始于仓颉，但不能说凡是字迹都是仓颉写的。沈约撰《宋书》，特别在《谢灵运传》后发了一通议论，大讲浮声切响。可见谢灵运在声调上实是沈约的先导。这篇传后的论，也被萧统选入《文选》，董其昌即使没读过《宋书》，何至连《文选》也没读过？不难理解，他忙于要诬蔑丰坊，急不择言，便连比《庾开府集》更常见、更非僻书的《文选》也忘记了。

董其昌后来在他摹刻出版的《戏鸿堂帖》卷七中刻了这卷草书，后边自跋，再加自我吹嘘说：

项玄度出示谢客真迹，余乍展卷即命为张旭。卷末有丰考功跋，持谢书甚坚。余谓玄度曰：四声定于沈约，狂草始于伯高[1]，谢客时都无是也。且东明二诗乃庾开府《步虚词》，谢安得预书之乎？玄度曰："此陶弘景所谓元常老骨，更蒙荣造者矣。"遂为改跋，文繁不具载。

[1] 伯高，即张旭。

这是节录卷中的跋，又加上项玄度当面捧场的话，以自增重。

跋在原卷后，由于收藏家多半秘不示人，见到的人还不多。即使一见，也不容易比较两人的跋语而看出问题。刻在帖上，更由得他随意捏造，观者也无从印证。

宋朝作伪的人，研究"王"字可当"书"字用，究竟还费了许多心；挖去小横，改成草写的"书"字，究竟还费了许多力。在宋代受骗的不过是一个皇帝赵佶，在明代受骗的不过是一个富翁华夏。至于董其昌则不然，不费任何心力，摇笔一题，便能抹杀眼前的事实，欺骗当时和后世亿万的读者。董其昌在书画上曾有他一定的见识，原是不可否认的。但在这卷的问题上，却未免过于卑劣了吧！

有人问，这桩辗转欺骗的公案既已判明，还有这卷字迹本身究竟是什么时候人所写的？算不算张旭真迹？我的回答如下：按古代排列五行方位和颜色，是东方甲乙木，青色；南方丙丁火，赤色；西方庚辛金，白色；北方壬癸水，黑色；中央戊己土，黄色。庾信原句"北阙临玄水，南宫生绛云"，玄即是黑，绛即是红，北方黑水，南方红云，一一相对。宋真宗自称梦见他的始祖名叫"玄朗"，命令天下讳这两字，凡"玄"改为"元"或"真"，"朗"改为"明"，或缺其点画。这事发生在大中祥符五年（1012年）十月戊午。（见宋李攸《宋朝事实》卷七）所见宋人临文所写，除了按照规定改写之外也有改写其他字的，如绍兴御书院所写《千字文》，改"朗曜"为"晃曜"，即其一例。这里"玄水"写作"丹水"，分明是由于避改，也就不管方位颜色以及南北同红的重复。

那么这卷的书写时间，下限不会超过宣和入藏，《宣和书谱》编订的时间；而上限则不会超过大中祥符五年十月戊午。

这卷原本，今藏辽宁省博物馆，已有各种精印本流传于世，董其昌从今也难将一人手，掩尽天下目了！

辑三

一撇一捺
皆风骨

我们每逢读到一个可敬可爱作家的作品时，总想见到他的风采，得不到肖像，也想见到他的笔迹。真迹得不到，即使是屡经翻刻，甚至明知是伪托的，也会引起向往的心情。

伟大诗人李白的字迹，流传不多，在碑刻方面，如《天门山铭》《象耳山留题》等，见于宋王象之《舆地纪胜·碑目》。游泰山六诗，见于明陈鉴《碑薮》。《象耳山留题》明杨慎还曾见到拓本，现在这些石刻的拓本俱无流传，原石可能早已亡佚。清代乾隆时所搜集到的，有题安期生诗石刻和隐静寺诗，俱见孙星衍《寰宇访碑录》卷三，原石今亦不知存亡，拓本也俱罕见。但题安期生诗石刻下注"李白撰"，未著书人，是否李白自书还成问题。隐静寺诗，叶昌炽《语石》卷二说它是"以人重"，"未必真迹"。那么要从碑刻中看李白亲笔的字迹，实在很不容易了。许多明显伪托，加题"太白"的石刻不详举。

其次是法帖所摹，我所见到的有宋《淳熙秘阁续帖》（明金坛翻刻本、清海山仙馆摹古本）、宋《甲秀堂帖》、明《玉兰堂帖》、明人凑集翻摹宋刻杂帖（题以《绛帖》《星凤楼帖》等名）、清《翰香馆》《式古堂》《泼墨斋》《玉虹鉴真续帖》《朴园》等帖。各帖互相重复，归纳共有六段：一、"天若不爱酒"诗；二、"处世若大梦"诗；三、"镜湖流水春始波"诗；四、"官身有吏责"诗；五、玉兰堂刻"孟夏草木长"诗；六、翰香馆刻二十七字。这二十七字词义不属，当出摹凑；"孟夏"一帖系失名帖误排于李白帖后；"官身"一首五言绝句是宋王安石的诗，这帖当然不是李白写的；俱可不论。此外三诗帖，亦累经翻刻（《玉虹》虽据墨迹，而摹刻不精，底本今亦失传），但若干年来，从书法上借以想象诗人风采的，仅赖这几个刻本的流传。

至于《宣和书谱》卷九著录的李白字迹，行书有《太华峰》《乘兴帖》。草书有《岁时文》《咏酒诗》《醉中帖》。其中《咏酒》《醉中》二帖，疑即"天若""处世"二段，其余三帖更连疑似的踪迹皆无。所以在这《上阳台帖》真迹从《石渠宝笈》流出以前，要见李白字迹的真面目，是绝对不可得的。现在我们居然亲见到这一

▲ 李白《上阳台帖》

卷，不但不是摹刻之本，而且还是诗人亲笔的真迹（有人称墨迹为"肉迹"，也很恰当），怎能不使人为之雀跃呢！

《上阳台帖》，纸本，前绫隔水上宋徽宗瘦金书标题"唐李太白上阳台"。本帖字五行，云："山高水长，物象万千，非有老笔，清壮何穷！十八日，上阳台书。太白。"帖后纸拖尾又有瘦金书跋一段。帖前骑缝处有旧圆印，帖左下角有旧连珠印，俱已剥落模糊，是否宣和玺印不可知。南宋时曾经赵孟坚、贾似道收藏，有"子固"白文印和"秋壑图书"朱文印。入元为张晏所藏，有张晏、杜本、欧阳玄题。又有王余庆、危素、骆鲁题。明代曾经项元汴收藏，清初归梁清标，又归安岐，各有藏印，安岐还著录于《墨缘汇观》的"法书续录"中。后入乾隆内府，著录于《石渠宝笈初编》卷十三。后又流出，今归故宫博物院。它的流传经过，是历历可考的。

据什么说它是李白的真迹呢？首先是据宋徽宗的鉴定。宋徽宗上距李白的时间，以宣和末年（1125年）上溯到李白卒年，即唐肃宗宝应元年（762年），仅仅三百六十多年，这和我们今天鉴定晚明人的笔迹一样，是并不困难的。这卷上的瘦金书标题、跋尾既和宋徽宗其他真迹相符，则他所鉴定的内容，自然是可信赖的。至于南宋以来的收藏者、题跋者，也多是鉴赏大家，他们的鉴定，也多是精确的。其次是从笔迹的时代风格上看，这帖和张旭的《肚痛帖》、颜真卿的《刘中使帖》（又名《瀛州帖》）都极相近。当然每一家还有自己的个人风格，但是同一段时间的风格，常有其共同之点，可以互相印证。再次，这帖上有"太白"款字，而字迹笔画又的确不是钩摹的。

另外有两个问题，即是卷内虽有宋徽宗的题字，但不见于《宣和书谱》（玺印又不可见）；且瘦金跋中只说到《乘兴帖》，没有说到《上阳台帖》；都不免容易引起人的怀疑。这可以从其他宣和旧藏法书来说明。现在所见的宣和旧藏法书，多是帖前有宋徽宗题签，签下押双龙圆玺；帖的左上角、左下角、右下角分钤"政和""宣和"小玺；后隔水与拖尾接缝处钤以"政和"小玺，尾纸上钤以"内府图书之印"九叠文大印。这是一般的格式。但如王羲之《奉橘帖》即题在前绫隔水，钤印亦不拘此式。钟繇《荐季直表》虽有"宣和"小玺，但不见于《宣和书谱》。王献之《送梨帖》附柳公权跋，米芾《书史》记载，认为是王献之的字，而《宣和书谱》却收在王羲之名下，今见墨迹卷中并无政、宣玺印。可知例外仍是很多的。宣和藏品，在靖康之乱以后，流散出来，多被割去玺印，以泯灭官府旧物的证据，这在前代人记载中提到的非常之多。也有贵戚藏品，曾经皇帝赏鉴，但未收入宫廷的。还有其他种种的可能，现在不必一一揣测。而且今本《宣和书谱》是否有由于传写的脱讹？其与原本有多少差异？也都无从得知。总之，帖字是唐代中期风格，上有"太白"款，字迹不是钩摹，瘦金鉴题可信。在这四项条件之下，所以我们敢于断定它是李白的真迹。

至于瘦金跋中牵涉《乘兴帖》的问题，这并不能说是文不对题，因为前边标题已经明言"上阳台"了，后跋不过是借《乘兴帖》的话来描写诗人的形象，兼论他的书风罢了。《乘兴帖》的词句，恐怕是宋徽宗所特别欣赏的，所以《宣和书谱》卷九李白的小传里，在叙述诗人的种种事迹之后，还特别提出他"尝作行书，有'乘兴踏月，西入酒家，不觉人物两忘，身在世外'。字画飘逸，乃知白不特以诗名也"。这段话正与现在这《上阳台帖》后的跋语相合，可见是把《乘兴帖》中的话当做诗人的生活史料看的。并且可见纂录《宣和书谱》时是曾根据这段"御书"的。再看跋语首先说"尝作行书"云云，分明是引证另外一帖的口气，不能因跋中提到《乘兴帖》即疑它是从《乘兴帖》后移来的。

李白这一帖，不但字迹磊落，词句也非常可喜。我们知道，诗人这类简洁隽妙的题语，还不止此。像眉州象耳山留题云："夜来月下卧醒，花影零乱，满人襟袖，疑如濯魄于冰壶也。李白书。"（《舆地纪胜》卷一三九碑记条、杨慎《升庵文集》卷六十二）又一帖云："楼虚月白，秋宇物化，于斯凭阑，身势飞动。非把酒忘意，此兴何极！"（见《佩文斋书画谱》卷七十三引明唐锦《龙江梦余录》）都可以与这《上阳台帖》语并观互证。

或问这卷既曾藏《石渠宝笈》中，何以《三希堂帖》《墨妙轩帖》俱不曾摹刻呢？这只要看看帖字的磨损剥落的情形，便能了然。在近代影印技术没有发明以前，仅凭钩摹刻石，遇到纸敝墨渝的字迹，便无法表现了。现在影印精工，几乎不隔一尘，我们捧读起来，真足共庆眼福！

唐僧怀素擅狂草书，流传草书帖甚多，有墨迹，有石刻，必以《自叙帖》长卷为第一名品。这卷字大卷长，笔势流畅变化，纵横驰骋，比起那些少则二三行、多也不过十几行的字迹，要痛快得多。

《自叙帖》流传石刻本很多，自公元一九二四年稍前延光室（出版社）出版了《石渠宝笈》所藏真迹本长卷的照片和珂罗版本，世人大开眼界，叹为希有之观。再后有故宫博物院在《故宫周刊》内分期影印各段，又有影印单行长卷，于是社会上公认这是一卷怀素的巨迹，和孙过庭的《书谱》长卷真迹，共属书法至宝。《书谱》墨迹本还偶见有人怀疑它是摹本（当然不确），而《自叙》墨迹只见马衡先生曾根据詹景凤的话一度提出疑问外，不见什么异议。现在从见到的一些文献材料和石刻善本中综合考察，提出问题，分别阐述于下：

一、原迹、真迹、真本、摹本的名称问题

从文献上看，宋代特别是米芾以前，对于"真迹"这一观念并不十分严格。梁武帝拿出王羲之的字迹令陶弘景鉴定，因为那时许多古法书没有写者签名，这种鉴定，不仅是辨别是原迹或是摹本，还有辨认是谁写的这个问题。唐人窦泉的《述书赋》里就提出"带名""不带名"的问题，所谓"带名"即指那件书法作品上写着写字人的姓名，写了名字的可以证明是某人写的，没写名字的，就要另

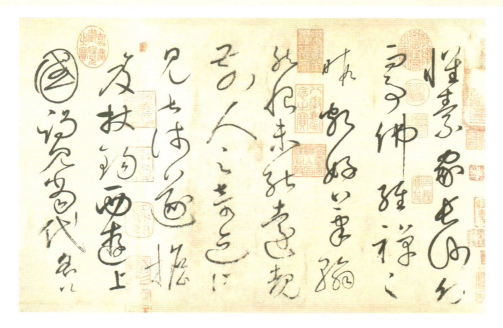

▲ 怀素《自叙帖》

凭判断了。

再后鉴定的注意力就着重在是否某个书家的风格，例如《淳化阁帖》中有许多帖列入王羲之、王献之名下，苏轼、黄庭坚、米芾、黄伯思等专家多有批评，指出某一帖是真王羲之的，某一帖是假托的，《淳化阁帖》都是木板、石板上刻出的，用墨拓出的黑地白字的"拓本"，从逻辑上讲，即属是他们认为真王羲之字的，也是摹刻了的影子，只能算真迹的影子，或说"真本"，不能说是"真迹"。只有米芾还有另一角度的观点，他把原纸原写的字迹才叫作真迹。他有诗说："妪来鹅去已千年，莫怪痴儿收蜡纸。"他认为用蜡纸钩摹的名家字迹不能归入真迹范围，只能算是真迹的摹本。后来文人用词，牵连混用，题跋上、记载中随便使用，谁也不详细追究哪件是钩摹本，哪件是书家本人原纸写的字迹。事实上那也太啰嗦了。所以后人对于古法书多用"真迹本""石刻本"这两类来分称，今天有了影印法，又多出一个"影印本"的名称而已。本文以下称《石渠》旧藏一大卷《自叙帖》墨迹为"墨迹本"，以别于石刻本。

二、墨迹大卷是宋代流传的哪一本

《石渠》所藏这一大卷墨迹本后有绍兴二年（1132年）曾纡题跋一段，他说：

藏真《自叙》，世传有三：一在蜀中石阳休家，黄鲁直以鱼笺临数本者是也；一在冯当世家，后归上方；一在苏子美家，此本是也。元祐庚午苏液携至东都，与米元章观于天清寺，旧有元章及薛道祖、刘巨济诸公题识，皆不复见。苏黄门题字乃在八年之后。

说明了这卷是北宋苏舜钦（字子美）家藏的一卷。他并没说出当时那三卷是别人从原迹上钩摹出的真本，更没说明苏家这一卷是原纸原写的真迹。从此这墨迹大卷便被认为是苏氏家藏的一卷了。

这卷墨迹本后还附有明代文徵明跋一段，是从一个明人石刻本上割下来附装于后的。文氏跋的要点如下：

余按米氏《宝章待访录》云："怀素《自叙》在苏沁家，前一纸破碎不存，其父舜钦补之。"又尝见石刻有舜钦自题云："素师《自叙》前纸糜溃不可缀缉，书以补之。"此帖前六行纸墨微异，隐然有补处，而乃无此跋，不知何也。

文徵明具体地引了苏舜钦跋中的原话，可见他是亲自见过苏舜钦跋的（苏氏写在《自叙帖》后的跋文，宋以来的有关法书记载都未曾见）。文氏又曾补写苏轼自书《赤壁赋》真迹卷前残缺的一些字，后加小楷跋语说：

谨按苏沧浪（舜钦的别号）补《自叙》之例，辄亦完之。夫沧浪之书，不下素师而有"极愧糠秕"之谦。

这里又多引出苏跋有"极愧糠秕"四字，今墨迹卷中全都没有。是这个墨迹大卷原来曾有，在文徵明以前被人割去的呢？还是这墨迹大卷并非苏家那一卷呢？如说根本不是苏家那卷，所以没有苏跋，而曾纡跋中首先确指这就是苏家的一卷；既是苏家那卷，而前一纸补痕并不明显，后来许多跋语中如文徵明、高士奇都曾闪烁其词地说它又有补处，又有原纸，种种矛盾，怎么解释？这姑不必详论。姑且简单说曾纡跋不误，这卷墨迹本便是苏家藏本，只是苏跋在文徵明前已被割失，也没有什么不可以。但其中存在的其他矛盾，并未由此而完结。

三、苏家本和今传墨迹大卷有什么异同

苏家本在宋代曾被摹刻上石，宋拓本已不得见，幸而有一个宋刻本的真影存留。它就是嘉庆六年（1801年）吴门谢希曾刻的《契兰堂帖》中的一卷。这部丛帖，刻得很精，但流传甚少，它摹刻的宋拓本《自叙帖》是其中的第五卷。

谢氏有小字题识一段。刻在怀素正文"八日"之下空隙处。他说：

> 素师《自叙》真本失传久矣。辛酉秋偶得唐荆川所藏宋拓本。为淳熙时从墨迹刻石，笔法精妙绝伦。衡山文公谓素书如散僧入圣，虽狂怪弩张，鲜不合度，信不诬矣。（下钤"曾""安山"二小印）

按卷首有"荆川"二字印，是谢氏指为唐氏旧藏的根据。又卷

尾苏跋"补其前也"下有高士奇长方收藏印。文为"江村高氏岩耕草堂藏书之印"。得知从唐氏藏后，还经过高氏收藏。

这卷宋刻本真影，也就是苏家本的面目有什么特点？分列于下：

一、有苏舜钦跋云："此素师《自叙》，前一纸糜溃不可缀缉，仆因书以补之，极愧糠秕也。"（此四行草书）

"庆历八年九月十四苏舜钦亲装且补其前也"。（此三行真书接写于草书四行之后）

二、怀素自书尾款"八日"之后紧接有"升元四年……邵周重装"押尾一行。再接"王绍颜"的押尾一行。再后才是"大中祥符三年……苏耆题"一行，更后是"四年……李建中看毕题"二行。

三、全卷只在邵周押尾一行的上端有"建业文房之印"一印，其他处全无印章。

四、卷首自"怀素家长沙"起各行笔迹一致，与苏舜钦自书跋尾草体不同。

五、怀素全卷的笔法位置与墨迹大卷完全一致。

从以上的现象，与墨迹大卷相比较，发现以下一些情形：

一、苏舜钦所补的一纸占正文几行，刻本上看不出，墨迹大卷跋中说是六行。即以这六行论，笔法与后边正文丝毫没有两样。可知苏氏只是根据另一个本子描摹的，而不是放手临写的。

二、邵周、王绍颜押尾二行在前。苏耆、李建中题三行次后，苏舜钦跋在最后。这是合理的。墨迹大卷苏耆、李建中三行翻在邵王二行之前是不合理的。

三、真迹大卷中有许多宋印，宋刻本只有"建业文房之印"是刻帖的体制，当时不可能多摹刻藏印（明清汇帖也不能全摹藏印）。

四、根据以上情形，可以得出以下几项推断

一、苏舜钦的补全，只是据另一底本摹全的，而不是临写的。

二、墨迹大卷后现存的宋人各跋，曾纡明说是跋的苏补本，可见它是苏本原有的。

三、墨迹大卷正文是另一个摹本，押尾次序摹颠倒了，大概是为就原纸空处，挤入三行，没顾到顺序的不合。

四、墨迹大卷摹法极精，飞白干笔，神彩生动，而全卷正文，使转弯曲处，又有迟钝之感。

五、苏氏本笔笔与真迹本相合，虽可说经过刻石，打了折扣，但它每笔的轨迹全都毫无逾越处，迟钝处也同样，大概苏家本也仍是一个摹本。真迹大卷，早入《石渠》，谢希曾不可能见到，谢氏重刻还能体现宋刻的面貌，而两本正文竟很少差异处，可说各有所长，足以互相验证。

六、墨迹中许多宋人藏印，不能以宋刻未摹入，便认为墨迹卷中的宋印一概毫无根据。

七、大约在文徵明以前，有人分割苏本后宋人各跋，装在今天这个墨迹大卷之后，以提高它的声价。苏家本既有苏跋，不待其他

宋跋已自使人可信了。于是苏家原卷、另一摹本（墨迹大卷）、苏卷后的宋人原跋，三部分重新组合，而苏卷原迹今天都只剩下重刻本了。

八、经过以上的分析，我们应该对这一大卷重新正名，只称它是"墨迹大卷"了。

五、苏卷原跋改配另一卷后引起的余波

古法书在收藏家手中，便是他的财产。凡有这种财产的人，不是有钱的就是有势的，被请来鉴定、题跋的人，谁又肯轻易地批评真伪，惹人不快呢？所以若干名人题跋的古书画有种种遁词，或故意露些马脚，使内行的观者，可以"心照不宣"地领略出跋者的不负责任。这在只有财势的收藏家往往是不会了然的。在墨迹大卷上发生疑问的，有明人也有清人。明文徵明、詹景凤、文嘉、清高士奇，都曾不同角度、不同程度地玩弄曲折手法来表示怀疑，分述于下：

文徵明说：

> 此帖（指墨迹大卷）前六行纸墨微异，隐然有补处，而乃无此跋（指苏舜钦跋），不知何也。

按苏跋说"前一纸糜溃不可缀缉"，不是补几个窟窿的事。又

提出既叫作苏家本，又无苏跋，疑问已很明显了。

詹景凤说：

怀素《自叙》，旧在文待诏（按，即文徵明）家。吾歙罗舍人龙文幸于严相国（按，即严嵩），欲买献相国，托黄淳父、许元复二人先商定所值，二人主为千金，罗遂致千金。文得千金，分百金为二人寿。予时以秋试过吴门，适当此物已去，遂不能得借观，恨甚。后十余年，见沈硕宜谦于白下，偶及此，沈曰："此何足罳公怀，乃赝物尔。"予惊问，沈曰："昔某子甲，从文氏借来，属寿丞（按，即文彭，文徵明的长子）双勾填朱上石。予笑曰：'跋真，乃《自叙》却伪，奚为者？'寿丞怒骂：'真伪当若何干？吾摹讫掇二十金归耳。'"大抵吴人多以真跋装伪本后，索重价，以真本私藏，不与人观，此行径最可恨。

詹景凤在此后又接写道：

二十余年为万历丙戌，予以计偕到京师。韩祭酒敬堂语予："近见怀素《自叙》一卷，无跋，却是硬黄，黄纸厚甚。宜不能影摹，而字与石本毫发无差，何也？"予惊问今何在。曰："其人已持去，莫知所之矣。"予语以故，谓无跋必为真迹。韩因恨甚，以为与持去也。（《詹东图玄览编》）

此两条说得最直截了当，因为私人笔记可以无所顾忌。但他以为纸厚的那一卷必是真迹，这就未免出于揣测了。今文彭摹刻本已不可见，我颇怀疑墨迹大卷后边的墨拓小楷文徵明跋，是从文彭摹刻本上割来的。

文嘉说：

> 怀素《自叙帖》，一旧藏宜兴徐氏，后归陆全卿氏，其家已刻石行世。以余观之，似觉跋胜。(《钤山堂书画记》)

"似觉跋胜"，措辞多么巧妙！换句话说，即是"正文不真"。文嘉鉴定的是查抄严嵩家藏书画。抄的东西，都要归官，所以他也不敢直说。

高士奇跋说（原跋冗长，这里只摘取要点）：

> 一、今前六行纸色少异，然亦莫辨其为补书，正是当时真迹。
>
> 二、王峰徐公（按，即徐乾学）积总裁堂馈银半千得之。
>
> 三、其纸尾第四跋崇英副使知崇英院事兼文房言检校工部尚书王绍颜当是南唐人，失绍颜二字。
>
> 四、余所藏宋拓秘阁本有之（按，指"绍颜"二字）。

前六行纸色既然"少异"，又看不出补书的迹象，便要定为

"当时真迹"，像是抬高了一层，其实便连"是苏家本"也否定了。

王绍颜的名字，在墨迹大卷中残失"绍颜"二字，他据他藏的宋拓秘阁本知为"绍颜"二字，提出根据，还算应该。但他说王绍颜"当是南唐人"，他忘了前一行邵周押尾的行首明明白白地写着"升元四年"，何用"当是"的揣度。

康熙时徐乾学的势力极大，高士奇依附他，捧场还唯恐不及，何能直接指出其疑窦，他没想到慌张中出了"当是南唐人"的笑柄。

六、小结

考证怀素《自叙》苏家本、宋人诸跋、墨迹大卷的种种关系和各项问题，是文献方面的事；哪一本钩摹得灵活，临学的人参考哪一本容易入手，是艺术方面的事。平心而论，墨迹大卷的艺术效果远远胜于石刻本，这是有目共睹的。但其中被苏家本、补纸等问题搅得莫名其妙，苏氏跋又看不着，愈发增加了观者的猜想。今天印出苏家本的真影，不但这桩公案大白，而墨迹卷的艺术上的参考价值也愈可以得到公正的评估。石刻本与墨迹本合观，怀素全卷草书笔画轨迹的强处、弱处也可得到密合的印证了。

现在我个人所知《自叙》的本子还有几个：一、明人翻刻《淳熙秘阁续帖》中有一本没有南唐押尾和苏舜钦跋。（谢刻所据，唐顺之、高士奇藏和谢希慕刻的本子何以知为秘阁本和淳熙时刻，已不可究诘。）二、日本影印半卷摹本墨迹。三、《莲池书院帖》刻一卷，全是放笔临写的，与怀素无关。四、四川大学藏竹纸临本半卷，与莲池本一类。五、其他单刻本字形有据，源流不详的，可不计了。

附识：我在一九八三年曾写了一篇《论怀素〈自叙帖〉墨迹本》，发表在《文物》本年第十二期上，起草匆忙，笔舌也实在冗蔓。后来用墨迹本和石刻本并列临摹，发现墨迹本确实比石刻精彩，这原是法书传本的通例，但苏本面目也亟需鉴家共赏。所以重加修改，写成此稿，再求读者指教！

一九九一年五月廿五日

辑三 皆风骨 一撇一捺

众鸟高飞尽
孤云独去闲
相看两不厌
只有敬亭山

大春同志指正 启功

柳公权《蒙诏帖》一幅，黄纸，行书，字大者二寸余，共七行，文曰：

公权蒙诏，出守翰林，职在闲冷，情亲嘱托，谁肯响应？深察感幸！公权呈。

此帖明末在冯铨家，刻入《快雪堂帖》。后入乾隆内府，刻入《三希堂帖》。今在故宫博物院，有影印本（在《法书大观》册内）。笔势奔放，中多燥墨，不似双钩廓填，但体势与《阁帖》卷四所收《圣慈》等帖不类，且首三句行文殊不辞，"守"字如为守

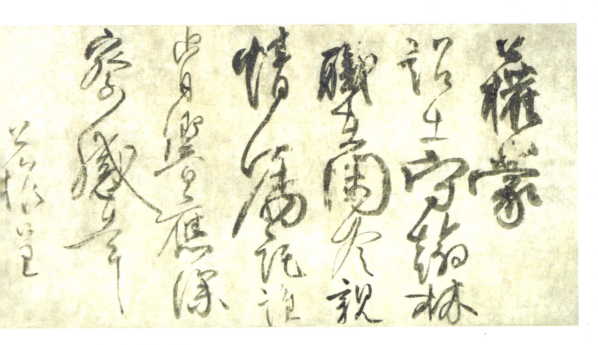

▲ 柳公权《蒙诏帖》

某官之守，上文何以加"出"字？如为出守外郡之守，则翰林并非州郡。且所谓"闲冷"，指翰林乎？指郡守乎？张勺圃丈（伯英）曾谓帖文与宋刻《兰亭续帖》所刻不同，而定此为赝本。《兰亭续帖》果何如？萦梦寐者十余年。丁酉春在上海博物馆获见之，盖即勺丈所见之本。其后又于友人家见《续帖》，中有柳帖，更完整胜上海本。柳帖字大寸许，与《圣慈》等帖笔势结体俱相似，宋代蔡京兄弟行书正学此种。乃知今传墨迹本是他人放笔临写者，且删节文字，以致不辞。《续帖》刻本之文云：

公权年衰才劣，昨蒙恩放出翰林，守以闲冷。亲情嘱托，谁肯响应？惟深察！公权敬白。

古代影印技术还未发明时，对前代传下来的法书、名画，想要留一个副本，最早只有用透明的蜡纸罩在原件上，映着窗户外的阳光，仔细勾摹。这种办法，叫作"向搨"。向，指映着阳光，搨，指照样描摹。"向"曾被人误写为响；搨，后来通用"拓"，又因碑帖多是刻在石头上的字，对碑帖的捶拓本多用"拓"，蜡纸勾摹的向拓本，则多用"搨"。这是后世的习惯用法，容易混淆，先作一些说明。

今天可见的唐代向拓法书，首先应推《万岁通天帖》（王羲之一家的名人字迹），是武则天时精密的摹拓本。笔有枯干破锋处，原件纸边有破损处，都一一用极细的笔道画出，足见摹拓人的忠实存真。其次是《快雪时晴帖》等。日本所传《丧乱帖》《孔侍中帖》等也属唐代向拓本的精品。

向拓虽然精美，但费力太大，出品不可能多。人们看到碑刻拓本，也很能表现书法的原型，刻法精致的碑，也有足和向拓媲美的。如今日所见敦煌发现的唐太宗《温泉铭》，有些字，几乎像用白粉在黑纸上写的字。古代人大概由这些刻拓手法受到启发，即用枣木板片做底版，把勾摹的古代法书贴在板上，加以摹刻，刻成之后，用薄纸捶拓。这样一次便可以拓出若干张纸。后来因枣木易裂，改用石板为底版。据宋代官书《宋会要》记载，北宋人曾收到南唐刻的一段帖石，但今天这段石上的字，已无所流传了。

今日所见把古代自魏晋至隋唐的"法书"摹刻成一整套的"法帖"（性质类似近代编印的《书道全集》之类），始于宋太宗淳化

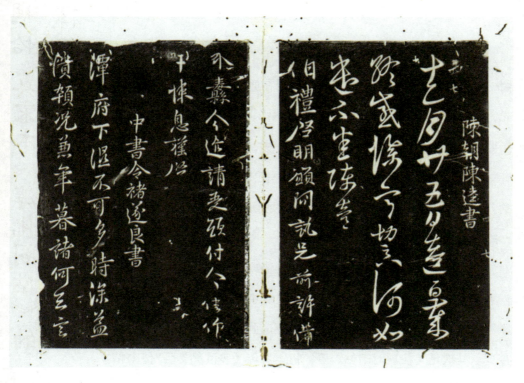

▲《淳化阁帖》节选

年间所刻的十卷《秘阁法帖》，因为刻于淳化年间，所以普通称它为《淳化阁帖》（或简称《阁帖》）。北宋时《阁帖》中的古代名家字迹，社会上已经不易见到，所以《阁帖》最初拓本一出来，便有许多地方加以翻刻。山西绛州翻刻本号称《绛帖》，福建泉州翻刻本号称《泉帖》等等，无论各翻刻本或精或粗，总都不是最原始的拓本。原本《阁帖》在元代已不易见到全套。书法大家赵孟頫记载他所得到的《阁帖》十本，已是几次拼凑而成的。到了明代，行草书非常流行，《阁帖》中绝大部分是古代名家的书札，行草字体为主要内容，所以习行草的书家没有不临习《阁帖》的。明中叶翻刻《阁帖》的，有最著名的四家，是袁褧、潘允亮、顾从义和甘肃藩王府（俗称肃府）的翻刻本，其中以肃府本摹刻得最得宋拓本的原貌，但其中第九卷已经是用《泉帖》补配的（册尾缺三行可证）。可见以明代藩王所藏，据说是明初分封时皇帝所赐，尚且不能没有补配，这时宋代原刻原拓本的稀有已可知了。

传到今天，可信为宋代内府原刻原拓的《阁帖》，只有三册留存于世，这三册是第六、七、八卷，都是王羲之书。明末清初藏于孙承泽家，每卷前有王铎题签。并没提到共存几本，即使是十本，其余那七卷是同样原刻原拓，或是其他刻本补配，都已无从考查。但这三册中即有北宋佚名人跋一页和南宋宰相王淮跋一页，都说明它是北宋原刻原拓。即从以上几项条件来看。它的历史文物价值，已足充分说明了。

这三卷在民国初年，曾归李瑞清（清道人）藏，有他的跋尾。上海有正书局曾影印行世，后来就流出国外，毫无踪迹。此外现在还流传着藏在博物馆中或私人手里的，从一些字迹精彩程度和特有的痕迹如银锭纹、转折笔、断裂缝等等考证，够得上宋刻宋拓的也还有两三本，但流传有绪，题跋证据确凿的，终归要推这三册占在最先的地位。以上所举的其他宋拓两三本中，虽不如这三本中即具有两个宋人题跋，但在其余的证据条件，一一充足的，要推第四卷一本。这本现在也藏于安思远先生处，这次一同展出，真使我们不能不深深佩服安先生鉴赏古拓石墨可贵的眼力！

其他各时各地的翻刻本，原来并没有伪装原本的意图，由于鉴赏者的盲目夸耀，或牟利者的有心作伪，都会造成以后来翻刻本冒充宋本。这也并不影响真本的价值，伪本愈多，愈显出真宋本的可贵。

以摹刻的技术论，任何宋拓《阁帖》，都比不过真本《大观帖》，但人类学家发现一部分原始人的头骨，那么珍视，并不在后世某些名人的画像之下，因为稀有甚至更加贵重。正如我们看到虽今天科学技术长足进展，瓷器以及其他更高级的日用器皿那样发达，而对上古的彩陶不但不加鄙弃，相反更加重视，岂非同样道理！敬请我们的文物鉴定家、爱好者、研究专家，对这三本彩陶般的魏晋至唐法书的原始留影回到祖国展览而庆幸吧！

一九九六年七月二十六日

宋代鉴定家薛绍彭翻刻"定武《兰亭》"一事在宋桑世昌《兰亭考》卷六、卷七和曾宏父《石刻铺叙》卷下，都有所记载，因此大家多知道薛绍彭与定武石刻的关系，至于他所摹刻的唐摹本，因拓本流传太少，宋以后研究《兰亭》的人，极少提到它。

这卷是薛绍彭据自己所藏的唐拓硬黄本摹刻入石的，唐人用黄色蜡纸钩摹复制古代法书，称为硬黄向拓，这种复制本在当时是比较能够传真的。薛绍彭在帖后还题了一首诗，大意说：《兰亭》真迹既已殉葬，古石刻的笔画锋芒已失，好似拙笔所书，它误了许多学习书法的人。只有贞观时的向拓本还具有原迹的形象，它与古石刻本虽然像是两派，但出自同一来源，王羲之原迹的妙处，在这里已然没有隐藏地表露出来，可算是还了《兰亭》的本来面目了。今按这卷拓本发现后，看到了宋代书法名家薛绍彭为什么对于唐摹本有这样高的评价。

这卷从笔法、结字等各方来看，和唐摹"神龙本"极为相似，使我们对于现存的唐摹墨迹和王羲之的书法面貌，有了进一步的了解，这卷摹刻得相当精致，笔法姿态，大体都能看到，因此它不但是研究书法沿革方面的一件历史资料，还是学习书法艺术方面的一件借鉴资料。

薛绍彭字道祖，是米芾的朋友，在书法艺术成就上二人也是齐名的，但薛的字迹流传较少，现存只有几件行草书，这卷中的楷书题字，师法钟繇，也是新的发现。

古代鉴定或收藏书画的人，常在书画上签名，称为"押署"，又称"押字"。这卷内"僧"字、"察"字即是梁代徐僧权和隋代姚察在《兰亭》原迹上所签，被摹拓人一同摹下。薛绍彭也在卷中签名，表示他曾鉴藏。

这卷石刻拓本，在南宋时曾为游似收藏。游似字景仁，好收集《兰亭》拓本，各加标题，这卷有他题"右潼川宪司本"六字。他的藏本多由赵孟林装潢，常钤有"赵氏孟林"印章。游似曾做宰相，所以他藏的《兰亭》世称"游相本"。至于清代周寿昌根据另一种题为"潼川宪司本"的《兰亭》说这卷不是"潼川本"，这究竟是游似误题、后世误裱、周寿昌误考，还是潼川曾有两石，还有待于再考，但这对于本卷的研究和借鉴上，关系是不大的。

薛氏题跋第六行、七行之间，空处较大，曾刻有两行字迹，又被磨去。薛诗载在《兰亭考》卷十，句数与本卷相符，可知薛诗并无残缺。

这卷自南宋游似藏后，明、清两代，曾经晋王朱枫、项元汴、安岐、张若蔼、英和、吴荣光、孙尔准、崇恩、毛昶熙、周寿昌鉴定或收藏，各有他们的印鉴或题跋。现藏故宫博物院。

唐代僧人怀仁集王羲之字刻成的《圣教序》碑是近两千年来书法史、美术史、手工艺史上的一件著名杰作。原石保存在西安碑林。但经过历代捶拓，已经屡有损伤了。一九七二年，在碑林石碑的石块缝中发现南宋时代的整幅拓本，且无论这在《圣教序》的流传拓本中是迄今所见的孤本，即在一般的汉唐碑版中，像这样的宋拓整幅也是极为罕见的。

在影印技术还未发明的时候，精美的书法，想要制成复本，只有两途：一是用油纸、蜡纸在原件上把它描下来。这叫向拓（后世多误作"响拓"）；一是把写在石上的字刊刻拓墨，或把写在它处的字钩描在石上，刊刻拓墨。这样的墨拓本，刻拓精美的，观者看去，宛然是笔写的一般。关于这种手工艺，在古代有不少著名的工匠和杰出的作品。

唐代玄奘法师从印度取来许多佛教经典，译成之后，唐太宗李世民给它作了一篇"序"；他的儿子李治，即唐高宗，当时还是太子，给它作了一篇"记"，其实也是一篇序文。还有玄奘向他们父子申谢之启，这父子都有答书，也都刻在文章之后。再后刻着《心经》和译经润色文字的大臣衔名。这在当时的佛教界是一件大事。这两篇序文和两篇答书，便是当时佛教的最有权威的"护法"。

碑上记载"弘福寺沙门怀仁集晋右将军王羲之书"，又记载"诸葛神力勒石""朱静藏镌字"。集字是从王羲之的原帖上描摹出序文上要用的字；勒石是把集出来的字钩到石面上，钩划轮廓叫作钩勒；镌字是用刀刊刻钩在石上的字。这块千载驰名的碑刻，除了开凿石材的人以外，便是这三位艺术家合作而成的。李世民最喜好王羲之书法，他曾为《晋书·王羲之传》写过传后的评论。怀仁之所以特别选择王羲之的字迹来集成碑文，他的用意也是不言而喻的。

传说怀仁为了搜集王羲之字迹，费了若干年的工夫。这虽然出于悬揣，但看每个字笔画的顿挫流动，字形、字势的精密优美，上下字、前后行的呼应连贯，真足使人惊讶叹赏。而全部字数又是那么繁多，也绝不是短时间所能完工的。这块碑文不仅是古代法书的一件名作，也不仅是王羲之字迹的一个宝库，实际是几个方面综合而成的古代工艺美术的一件绝品！

刻在碑上的字，经过历代捶拓，至今石面已经磨下了一层。拓出的字迹，不但有些笔画已经损缺，即是那些没有损缺的笔画，边上也呈现模糊而不准确的形状，有的笔画瘦削，成了一根根的火柴，完全失去了笔写的样子，更无论什么王羲之的风格了。不但此碑是这样，其他碑刻也有同样情况。因此欣赏碑刻的人，多好搜求旧拓。一般大书深刻的碑石，由于字形大、笔画粗，只要石上没有剥落残损，新拓旧拓，有时差别还不太大。《集王圣教序》字形较小，刻法又极精细。一个破锋（笔尖破开，成了双杈）、牵丝（笔画与笔画之间牵连的细丝），都一一表现出来。后世的拓本，虽然字形、行气俱存，但精微的细节和墨迹一般的神彩却完全消失了。此碑唐拓本，今天已不存在，要看精彩的拓本，只有从宋拓本中寻求。

现在流传的宋拓本，虽不少，但都已剪成碎条，按文章顺序，裱成册页，早已没有整幅未剪的了。后拓的整幅，虽还能看出行款，却又不见字迹风神，只能使人知道某某字在什么位置而已。

　　一九七二年西安碑林中保存的《石台孝经》，在一次搬动陈列位置时，拆卸重立，发现这个方形立柱的碑是用四块三棱的大石条拼成，每条石的脊棱攒聚，平面向外，上加碑顶，下承碑座，把它从上下固定。在拆开时发现石块缝中夹有折叠的古纸，推测可能是前代移碑或调整位置时垫衬石材，使不松动所用的。这幅《圣教序》的整幅拓本，被折叠成方形一叠，即是那些古纸中的一件。同时发现折叠的古纸中，还有女真文的版刻印本，可以知道这张《圣教序》也是同时期的拓本。以"宋"标识年代，是习惯的称法，如果兼顾到地区关系，称为"金拓"当更为确切。

　　展开来看，纸上的破损处并不太多，可以说基本完好。这块碑石后来在上半部斜断了一道。但在什么时候断的，则说法不一。相传以为凡此碑石未断时拓本都够宋拓。现在这幅拓本，即是未断的拓本，可见旧传的说法不是没有根据的。这幅自末行"文林郎"处微有一小条细痕，是石质上的裂墨，可知后来从这里断裂，是有它的内在条件的。

　　石面刻的笔画肥瘦，是原字的真像，铺纸捶按，纸陷入笔画的石槽中，纸上加墨，便成白字。揭下纸来，从纸背看，笔画都成凸出的皱折，一经刷裱，皱折全平，笔画也就拉肥，对原字来说，也就失真了。这本即未刷裱，年久皱折也竟未压平，所以更加可贵了。

这个《圣教序》碑集的是王羲之的字，本来是碑上写得明明白白的。后世相信它是王字并加以重视的固然很多，而反对、怀疑，甚至全盘否定的也不是没有。推重的人如宋代黄伯思《东观余论》引宋初周越《书苑》的话说："唐文皇制《圣教序》时，都城诸释诿弘福寺怀仁集右军行书勒石，累年方就。逸少真迹，咸萃其中。今观碑中字与右军遗帖所有者，纤微克肖。"并且接着表示："《书苑》之说信然。"但宋代也有轻视它的，黄伯思提到："然近世翰林侍书辈多学此碑，学弗能至，了无高韵，因目其书为院体……故今士大夫玩此者绝少。"对这种的见解，黄伯思辩驳说："然学弗至者自俗耳，碑中字未尝俗也。非深于书者，不足以语此。"黄氏的议论确是非常近理。

到了明代末年，董其昌忽然提出异说，他以为碑上的字是怀仁一手写成的，并非集字。他的理由有三点，都见于董氏自家摹刻的《戏鸿堂帖》，也见于《容台别集》和《画禅室随笔》中。

一、他得到一卷黄绢上写的《圣教序》碑文，他说："古人摹书用硬黄，自运用绢素。"他藏的这个卷子既是绢素所写，又是碑上的字样，可见碑上的字不是摹集所成，而是一手自写的。

二、他说这碑"唐时称为'小王书'，若非怀仁自运，即不当命之'小王'也"。

三、他说："吾家有宋《舍利碑》云习王右军书，集之为习正合。"

这三点理由都是站不住脚的：一、他藏的那卷绢上写的《圣教序》曾摹刻了一段在《戏鸿堂帖》中，字迹点划与碑上的字既不完全一样，而字形又比碑上字略小。如果说这卷就是怀仁刻碑的底本，当时勒石时又是怎样一字一字去放大的呢？二、所称"小王书"是由于碑上的字形小，还是指不是第一手的摹本，都不可知。我自愧谫陋，至今还不知唐人这句话见于什么书上，我很怀疑就是董氏所藏那卷后边跋语中的话。如果设想不误，那就正是说那一卷是缩小的临本。三、宋《舍利碑》原石尚在河南，字体即唐《实际寺碑》那一类，虽是学王，而与集摹王字并不相同。况且分明写的是"习"，正如说"仿某家体"。"集"之与"习"，无论什么讲训诂的书上也没有见过可以相通的解释。小学生的"习字本"绝不是"集字本"。"集句诗"句句都找得出作者姓名，和模拟某派某体的诗截然不同。董氏为了抬高他所藏的那个黄绢上的临本，硬说它即是刻碑的原底本，不惜造出这些拙劣的谣言，徒给后人留下笑柄。

至于宋代的"院体"书又是什么样子呢？我们常看到宋代的制诰文书，确实都是学《圣教序》的风格的，这种习气一直沿至南宋，如绍兴时御书院人所书的《千字文》即是其例，不过模拟得更为拘滞而已。黄伯思所说的"院体"，即指这类。但我们今天看来，那些当时的"院体"也很美观，宋人厌薄常见的字样而有那样的评论，也是不难理解的，但与这块碑的书法本身并无关系。

碑中字都从哪里集来，今天已不可能一一追寻，但有些字还可以从今传的王帖加以比对而找到出处。姑举二字为例：如碑中"苦"（第二五行）字与《淳化阁帖》卷六《建安灵柩帖》中的"苦"字一样；再从大观重刻的精本《阁帖》也即是世称的《大观帖》来看，"苦"字确是从这里集出的。又如碑中"群"字凡两次出现（第六、一六行），末笔一竖，都是劈开成了双杈。这个"群"字与《兰亭帖》中的"群"字一样，《兰亭》各种摹本、刻本中此字的点划肥瘦，容或各有不同的地方，但末笔破锋双杈，在"定武""神龙"诸本中则是一致的。王羲之写"群"字怎能末笔都出现双杈？可见碑中"群"字是从《兰亭》集来的。以上这类，是可以确见出处的。

碑中各字是否都一律没有问题呢？却并不然。首先是"正"字（第九、一五行）、"旷"字（第一四行）。王羲之的祖父名"正"，父亲名"旷"。王帖中"正月"都写作"初月"，"旷"字在其他王帖中从来没有出现过。我们知道南北朝时期的士大夫对于家讳的避忌是异常严格的，有时听到家讳的同音字都要发生奇怪的反应，这类事在史书记载上是数不清的。颜之推《颜氏家训·风操篇》中更曾集中地举过许多例子。难道王羲之在那个时代中就那么敢于做干犯"名教"的事吗？清代翁方纲在《苏米斋兰亭考》中曾主观地摘出若干字以为王羲之真迹的典型，其中即有"旷"字，真可说是"失之眉睫"了。我认为碑上的"正"字或是从形近的字修改加工而成的，"旷"字或是用"日"字"广"字拼凑而成的，如果都不是这样来的，那便是伪迹。

碑中所摹《兰亭》中字，"群"字之外，还有许多。由于《兰亭》发生了真伪的问题，碑中这些字也就随之发生了问题。这就要附带谈到《兰亭》。自清末有人因少见多怪对《兰亭》提出怀疑，以为是假的。至近年余波未息。如果《兰亭》是真的，那么碑中有关各字来源正确，即不待言。如果《兰亭》是假的，那么唐朝皇帝派萧翼去骗《兰亭》，而老僧辩才拿出来的根本是一卷假帖，又骗了皇帝。今天看来，不过是一幕喜剧。但在当时的怀仁，不会懂得清末人少见多怪的见解，何能不用《兰亭》中字？即便懂得，又何敢不用《兰亭》中字？这并不同于有意用伪书充数。所以碑中这部分的字，应无损于怀仁集字态度的忠实。包括前边所举"正""旷"各字，以及《心经》中所用的别字，都无损于此碑的艺术价值。

什么是怀仁误用的别字？如"般"字有的实是个"股"字（第二七、二八行），"色"字有的实是个"包"字（第二五、二六行）。有人以为是集来的字不够用了，才用别字代替。但碑中重字有许多是同一底本的，刻碑时是用摹出的字迹上石，不是剪贴原迹上石，并无够与不够的问题。这直是怀仁误用了别字，与王字的真伪无关。

别字之外，还有误用的字。唐人翻译经咒，对音用字，非常严格。"般若"的"般"不用"波"；"波罗"的"波"不用"般"。因为"般"字音的收尾处与"若"字音的初发处一致，可以衔接，正好用以表现连绵的梵音。所以"般若"不用"波若"（此问题承友人俞敏先生见告，并云"南无"不用"那摩"，亦属此例）。怀仁在咒语中两句"波罗揭谛"都作"般罗揭谛"，而我们看到的唐代的石刻或写本《心经》，极少有作"般罗揭谛"的。

还有经题的误处："般若"的译义是智慧，"波罗蜜多"是到彼岸。"心经"是"般若波罗蜜多心经"的简称，也有简称"波若心经"的。此碑《心经》的尾题作《般若多心经》。如从全称，他少了"波罗蜜"；如从简称，又多了一"多"。唐代《颍川陈公密造心经碑》中虽有差误处，但并不普遍。且士人写佛经出错误还可以谅解，而僧徒错写佛经，则不可谅解。可见怀仁这个和尚对于佛教所谓"外学"之一的书法虽那么精通，而对于佛教所谓"内学"的经典，却如此疏忽，恰可说是外学内行而内学外行了。

一九七八年

怪得朔風急魚去
庭如月輝天人
宰詁巧剪水作
去飛

維茨日志三こ
啟功

辑四

书有尽而
意无穷

赵孟頫书其先人《赵府君阡表》，最初刻于《戏鸿堂帖》，后刻于《壮陶阁帖》，后文明书局影印墨迹，始见庐山真面。此表真伪，颇有聚讼。余谛观墨迹，见其正文与添注之字，实出二手。正文用笔稍弱，结构亦欠谨严，于子昂书法，实具体而微。其添注之字，则用笔遒劲，结体方阔，正是子昂中年之体，与《三希堂帖》刻其与田师孟手札相似。前数年见绍兴周氏旧藏赵孟頫书《莲华经》，未完，孟頫之子补书之，有僧溥光跋尾，共七卷，装为七册。其父子书法俱似子昂，亦皆具体而微，与此《阡表》正文相类。乃悟此表殆为子昂兄弟子侄辈所书，而子昂自为改削者。

全表计添注二四字，其中又涂去三字，计存完字二一字。而第三行"系"字，第四七行"合"字是否抄者所注尚可疑。呜呼！此真看透牛皮之病，当为药山所诃者。子昂杂书一帖云"常州张治中收虞世南《枕卧帖》"云云，按此表载其姊妹有孟艮者，适奉政大夫庆元路总管府治中张伯淳，当即其人。必也正名乎，此表应题曰：元人誊录《赵府君阡表》赵孟頫改削本，庶几得之。

赵松雪行书《千文》一卷，绢本织就乌丝竖栏，而天地横栏则抽去二丝，自成横道。首题"行书千文"，尾题"子昂书"，押"赵氏子昂"朱文印。其书法乍看去平正无奇，细观之，精深厚重，于赵书诸迹中，允推巨擘。尾有元明名家二十二人题。张伯雨题云："智永书《千文》八百本，散江南诸寺，今无一二存。吴兴书，尝患其多，去世几何年，若此本者，霜晓长庚，无与并其光采。□□展对惘然。老生张雨记。"下押"勾曲外史"朱文印。黄子久题云："经进仁皇全五体，千文篆隶草真行。当年亲见公挥洒，松雪斋中小学生。黄公望稽首谨题。至正七年夏五，书于龙德通仙宫松声楼，时年七十九。"下押"黄公望印""一峰道人"朱文二印。王国器题云："呜呼，公今往矣，生而文登琬琰，珍藏内秘；没而篆记玉楼，游宴清都。其流落人间者，一波一戈，偶尔见之，不觉老泪凄落。王国器拜题。"莫云卿题云："昔人谓方员一万里，上下数百年，绝无承旨书法，观此本信然。吾不辨其师匠何代，而若此本之沉着稳便，非其指腕间得书家三昧，未易能也。此公《千文》卷，余所见亦不下数十种，而独此为尤妙。郭亨父善八法，故得藏之。后学莫云卿题。"书画题跋每多捧场溢美之言，而遇神逸精能之品时，又见其口门苦窄，形容难尽。云卿此跋，字字由衷，其"沉着稳便"四字，知出于深思熟虑，以平实之语赞之，确胜于铺张扬厉万万也。

古代没有影印技术，书画鉴赏家只得用文章记录下所见所藏的书画作品。今天存在古代对书画的记录，最早的有《贞观公私画史》，其次较详细的像《宣和书谱》《宣和画谱》，也不过是开列书画名目的账单，读者无从知道每件作品的面貌。米芾的《书史》《画史》等，则是夹有评论的账簿。到了清代高士奇的《江村销夏录》，始创详细记录书画之体例，但只能记录法书的正文、题跋、印章及名画的款字、题跋、印章，至于法书的笔法、风格，名画的描绘技巧，书画的一切形状，都无法加以表达。

自从北宋淳化时正式摹刻十卷法帖《淳化阁帖》，若干古代字迹才得以本身的面貌呈现于读者眼前。后来陆续出现摹刻的法帖，有私人刻自家藏品的，也有私人搜罗、借摹所遇的名品的。这种法帖常有若干卷（册），所以常被称为"丛帖""汇帖"或"集帖"。清代把内府所藏的古代法书摹刻成《三希堂帖》三十二卷、《墨妙轩帖》四卷，这无异于把《石渠宝笈》中法书部分的佳品向人展出。虽然看不到原迹上的一切细节，但至少字迹的书写形状还不太差。

所说私人刻帖，明代最著名的有文徵明的《停云馆帖》、董其昌的《戏鸿堂帖》、明末清初冯铨的《快雪堂帖》等。这些丛帖所收的底本，未必都是真品。冯刻的自藏之品居多，文、董刻的则明白显示是陆续搜罗借摹而来的，当时流行即很广，学书法的人见善即学，很少有人作详细评论的。至近代张伯英先生撰《法帖提要》，才有了最有系统的评帖专著。

法书摹刻成帖，等于有形的账簿，观者可以从笔迹风格上看它

▲ 董其昌《戏鸿堂帖》节选

们的真伪优劣。一家所藏的可以看出藏者的鉴赏水平，有钱有势的藏家，多半不可能再有太高的鉴赏眼力和考订的知识。至于有学问、有修养的书画家像文、董诸人，选择底本时，应该有别于"好事家"的盲目乱收。我们也见到过他们明明收了伪品，例如《停云》收唐李怀琳草书《绝交书》，这是李怀琳伪造王羲之帖；由于李怀琳的书法水平本已很高，即算他个人的作品也值得宝贵，这不能算误收伪帖。又如《戏鸿》收的米芾《蜀素帖》，是一个钩摹的"复制品"，但刻拓出来的效果，也足以表达米字的形态。如果不是董氏自己在真迹卷内提出这件事，谁也无从看出《戏鸿》所刻的底本是一个"复制品"。这类情况，可以说是"虽伪亦真"或"虽伪亦佳"。

文、董二人都是大书家，都有湛深的学问和精美的书艺，都有鉴定的修养。文氏没留下什么专评书画的著作，《停云》帖中也没有很多的题识评语，《停云》帖中伪品也不太多。董氏则不但有《容台别集》等评论书画的专著，还在法书名画上随手题跋以评论真伪优劣，这是与文氏不同处之一；董氏的官职高、名声大，当时所写对古书画的评论真可说"一言九鼎"。后世更是"奉为圭臬"，至于他所评判的是否都那么准确无误，则属另一回事。当时人固然不敢轻易怀疑他；清初康熙皇帝又喜爱并临习他的字，在康熙一朝时，书法风格几乎全被"董派"所笼罩，这时其人虽逝，其余威尚在，也就依然没有人敢怀疑他。其人生存时"居之不疑"，逝世后还能"在邦必闻"，他刻的《戏鸿堂帖》也就无人细核其各件底本的真伪了。

在三百年前的时代，用手工摹刻各种法书，绝非短促时间所能完成。一部丛帖中的许多件底本，也非同时所能聚集。主持编订的人如文氏、董氏，也绝非同时或短时便可决定全部底本的选择。那么刻帖的过程中，可能经历了一个人半生的时间。一个人的见解，前后会有差异，眼力也会有进退。一部大丛帖中夹杂了伪迹，并不奇怪，而且也是情理之中的事。但董其昌的《戏鸿堂帖》是他成名后所刻，出现了明显的失误，就不能不负鉴定眼力不高和学识不足的责任了，至少也要算粗心大意的！下面举帖内几件失误为例：

一、拼凑失误。卷三刻王献之《十二月割至帖》四行半，接着又取王献之《庆等已至》帖，去其起首"庆等"二字，续在下边。董氏自跋说："宝晋斋刻此帖，'大军'止，余检子敬别帖，自'已至'至末，辞意相属，原为一帖，为收藏者离去耳。二王书有不可读者，皆此类也。"

按《十二月割至帖》中字体，绝大多数是行书，三十二字中只有"复""得""如何""然""何"六字是草体。所补二十一字自"已至"以下全是草体，并无行书。古代书疏，本有行草相杂之作，但少有自一半之后全用另外一体之例。此两半拼合之后，前后风格迥异，更极明显。又"大军"与"已至"之间空缺二字，曾见旧拓本，空处原有两字，后被刮去，刮痕尚清晰可见。后拓便全磨平，拓出便成完全黑色。《戏鸿》原有两次刻本，初刻是木版，再刻是石版，大约石版刻时，即只成空地，不见刮痕了。所谓"子敬别帖"乃《淳化阁帖》卷十中一帖，行首开端是"庆等已至"，《戏鸿》初刻即把"庆等已至"推移到行中，顶接"大军"之下，后来发觉"庆等"二字不能上接"庆等大军"，才将下半的"庆等"二字刮去，"大军"和"已至"虽然接上了，但中间却空了二字，如果有人问董氏，下半的"庆等"二字哪里去了？也能说是"收藏者离去"的吗？风格全不调和，一望可见，又属何故？

董氏在《中秋帖》墨迹卷尾又跋云："又'庆等大军'以下皆阙，余以《阁帖》补之，为千古快事……古帖每不可读，后人强为牵合，深可笑也。"现在看《戏鸿》所刻，真不知快在何处。所谓"可读"，只有补后的"大军已至"四个字可连，上下其他字句，实在不知说的是什么。究竟是谁"强为牵合"，又是谁"深为可笑"呢？

二、不管避讳缺笔。卷八刻草书《景福殿赋》，董氏自写标题"孙虔礼书景福殿赋"，帖是节摹的，自"冬不凄寒"至"兆民赖止"部分。其中"玄轩交登"的"玄"字缺末笔，因为是草书，连笔带过，不太明显，按全文中"眩真""不眩"都明显缺末笔，"玄轩""玄鱼"的"玄"也是不写末笔；"列署"的"署"字缺最下边的"日"字；"增构"的"构"字，缺右下边二小横划；"克让"的"让"字缺末笔一捺。凡此各字，都是明明白白的宋讳，难道孙过庭能预先敬避后一朝代的"圣讳"吗？这分明是一卷南宋人的草书，作伪的人伪造曾肇的题跋，冒充孙过庭的笔迹而已。

三、既不管避讳的改字，又公然诬蔑他人。卷七刻草书庾信《步虚词》等，帖前董氏自书"张旭长史伯高真迹"标题一行，帖文是几首五言古诗，第二首开端是"北阙临丹水，南宫生绛云"。按庾原文是"北阙临玄水，南宫生绛云"。宋真宗大中祥符五年（1012年）十月戊午梦见他的"始祖"告诉他说自己的名字叫"玄朗"，次日早朝他告诉大臣，并令天下避讳这两个字（见宋李攸《宋朝事实》卷七）。古代避讳或用代字或缺笔，这里把玄水改写为丹水，就是代字。古代把五行分属四方，东方属木，是青色；西方属金，是白色；南方属火，是红色；北方属水，是黑色；中央属土，是黄色。这卷草书的写者把"玄水"改为"丹水"下句仍旧是"南宫生绛云"，岂不南北二方都属火，都成红色了吗？这当然是一位宋代书家在大中祥符五年十月以后所写的。铁证如山，董氏不注意也就罢了，却又在所刻帖尾题跋一段，说：

> 项玄度出示谢客（"客"是谢灵运的小字）真迹，余乍展卷即命为张旭，卷末有丰考功跋，持谢书甚坚。余谓玄度曰："四声定于沈约，狂草始于伯高，谢客时都无是也。其东明二诗乃庚开府《步虚词》，谢安得预书之乎？"玄度曰："此陶弘景所谓元常老骨，更蒙荣造者矣。"遂为改跋。文繁不具载。

这一段话，极不诚实。按此帖第十九行是"谢灵运王"四字，恰在一纸之尾，第二十行是"子晋赞"三字。在归华夏之前，"谢灵运王"一纸被移在卷尾，因"王"字最上一小横写得太短，可以令人误看作草体的"书"字，大约从前有人故意骗人，这样可以冒充谢灵运所书的字迹。华夏请丰坊（即董其昌所称的丰考功）鉴定，丰氏跋中即指出这些矛盾，主要是谢灵运不可能预先写庚信的《步虚词》。至于是谁的笔迹，他猜测可能是贺知章，但仍不敢作确定结论，并无"持谢书甚坚"的任何表示。丰氏自写跋语之后，又有一段失名人用文徵明风格的小楷重抄丰跋一通。后边便是董其昌的跋语，只猜测是谁所写的。他认为"狂草始于伯高"，即定为张旭（字伯高）所书。此卷现藏辽宁省博物馆，有许多影印本。董其昌刻《戏鸿堂帖》时，大约认为一般人看不到原卷，自然不会知道丰坊是怎么鉴定的，便说他"持谢书甚坚"，然后显出自己眼力之高明。董氏不知自己的话，已犯了逻辑上的毛病：狂草始于张旭，不等于凡是狂草体的字迹便都是张旭所书，好比说仓颉造字，于是凡是字迹便是仓颉所书，岂非笑柄！

我们现在看看丰坊主要还有哪些论点，他说："按徐坚《初学记》载二诗二赞，与此卷正合。"这是丰氏首先指出是庾信的诗赞，不是谢灵运的作品；接着丰氏还辨别"玄水"不能是"丹水"。关于书者可能是谁，丰氏以为唐人如欧、孙、旭、素皆不类此，"唯贺知章《千文》《孝经》及《敬和》《上日》等帖气势仿佛"。这是他不相信谢灵运书的正面论断。丰氏还从周密的《云烟过眼录》中看到记载赵兰坡（与懃）藏有贺知章《古诗帖》，曾猜想到"岂即是欤"？但丰氏最后还是持存疑的态度说："而卷后亦无兰坡（赵与懃）、草窗（周密）等题识，则余又未敢必其为贺书矣。"难道这种客观存疑的态度便是"持谢书甚坚"吗？更可笑的是董其昌把丰氏自书跋尾后边那篇用文徵明小楷字体重抄的丰跋认作文徵明的跋，在他自我吹捧的那篇跋尾中说："丰考功，文待诏（徵明）皆墨池董狐，亦相承袭。"所谓"承袭"，即指共同认为是谢灵运书，这种无中生有的公开造谣，至于此极，竟自骗得鉴赏权威的大名，历三百年而不衰，岂非咄咄怪事？

四、把临本《集王羲之圣教序》认为是怀仁刻碑的底本。卷六刻《圣教序》一段，自"皇帝陛下"至"比其圣德者哉"，行笔比碑上刻的流畅些，也油滑些，字比碑字略小，是出于某人用黄绢一手所临。刻帖收好手临本，本无妨碍，但董氏据这卷临本即指碑上字是怀仁习王羲之字体而成，便又发生了逻辑的错误。董氏跋中否定宋代人记载怀仁集摹王字成文刻碑的事，根据是，他藏的这卷临本比碑上字"特为姿媚"。并说他藏有《宋舍利塔碑》，署款是某人"习王右军书"。我得到一本宋大中祥符三年（1010年）建的《汗阳县龙泉山普济禅院碑》，书者是"京兆府广慈禅院文学沙门善僡习晋右将军王羲之书并篆额"。不知是董氏随手误书"禅院"为"舍利塔"，还是另有舍利塔碑。如非笔误，则可见宋人"习王书"写碑的很多。我们已知宋代"集王书"的碑不止一个，虽然摹刻得远逊《圣教序》《兴福寺碑》，但毕竟和"习王书"的并不相同。按"习书"正如画家题"仿某人笔意"，怎能说"习"当"集"解释呢？又"集句诗"怎能解为"习句诗"呢？宋人自称"习王书"，正可见书家的忠实，绝不以仿学冒充"集字"，董氏随便造谣，竟至捏造训诂，真可谓无理取闹了！我曾见两本宋拓碑本《圣教》有董氏题，都搬出他藏的这卷黄绢临本，来判断碑上刻的字是怀仁一手所写，不是逐字摹集而成的。但我们看碑上有许多相同的字，不但字形一样，大小分寸一样，即破锋贼毫处也一样，试问放手自写，能够那么一致吗？董氏有些措词闪烁的地方，好像说碑上的字即自这卷上摹出，再量度字形分寸，碑上的大些，卷上的小些，那么刻碑时又是怎么逐字放大的呢？总之，怀仁集字，实在巧妙，不免令人发生疑问，以为是怀仁一手所临。又怀仁所集有许多王羲之的"家讳"字（如"旷"字、"正"字），王羲之不可能自己写，怀仁又从何处集来的？退一步说，怀仁所集，即使搀有伪迹，也不会是摹自董氏所藏的这一卷，这是绝无疑义的。

五、楷书《千字文》不是欧阳询的原迹。卷四刻楷书《千字文》，后有南宋末叶书家金应桂的题跋，说："右率更令所书千文，杨补之家藏本，咸淳甲戌岁九月三日，钱唐金应桂。"按金应桂字一之，擅长楷书，今传姜夔《王献之保母砖志》长跋卷每纸都有金应桂的印章，即是金氏手录本。还有廖莹中所刻世彩堂本《韩昌黎集》《柳河东集》，相传都是金氏手写上板的。那些字迹，都和这本《千字文》非常相似。《千文》中没见宋讳，金应桂名下也没有"临"字，使人不免疑惑这本《千文》已是从金氏临本上再摹出的，所以宋讳添全了缺笔，金氏名下删去了"临"字。即使退几步讲，这本果然是杨补之藏的原本，但拿它和《九成宫》《皇甫诞》《温虞公》《化度寺》诸碑比起来看，真如幼儿园中的小孩和"千叟宴"中的老人站在一起，老嫩悬殊，不难有目共睹。

六、其他笔迹风格有疑点的。《戏鸿》帖中所刻的名家字迹还有许多风格不相近的，前举欧阳询《千文》之外，还有《离骚》。褚遂良的帖如《乐志论》《帝京篇》等，虽然没有充足的证据，也可存疑。至于张旭的《秋深帖》"秋深不审气力复何如也"等字，世传有米芾临写本，比此帖笔力遒劲流畅得多。当然米氏临古帖，常比原帖生动，像《宝晋斋帖》所刻米临王羲之诸帖，就比刻本王帖精彩。但《戏鸿》所刻《秋深帖》中许多字极似赵孟頫，张旭帖像起赵孟頫来，就未免有些奇怪了。还有米芾的《易义帖》也漏洞很多，书法艺术水平很差，不用多加比较，只和《戏鸿》帖中所刻其他米帖对看，其结字用笔的不合米氏分寸处，即已不胜枚举，这里也不必详说了。

董氏刻《戏鸿堂帖》的马虎，还在当时留下过笑柄。沈德符所撰的《万历野获编》卷二十六《小楷墨刻》条曾记一事说："董玄宰刻《戏鸿堂帖》今日盛行，但急于告成，不甚精工。若以真迹对校，不啻河汉。其中小楷，有韩宗伯家《黄庭内景》数行，近来宇内法书，当推此为第一。而《戏鸿》所刻，几并形似失之。予后晤韩胄君（即长子）诘其故。韩曰：'董来借摹，予惧其不归也，信手对临百余字以应之，并未曾双钩及过朱，不意其遽入石也。'因相与抚掌不已。"按韩宗伯名世能，其子名朝延。沈氏所记"数行""百余字"未确，实为十七行，殆记述时回忆有误。今天我们不能因其字数有误便疑此事是虚构的。

总之，董其昌官职高，名气大，书法和文笔都好。评书论画有专著，古书画上也多有题跋，于是即使偶有失误，也没有人敢于轻易怀疑，更谈不上提出指摘了。现在古代法书陆续公之于世，有不少的影印本流传，欣赏法书的人获得很多的比较机会，于是董氏所刻的《戏鸿堂帖》中的问题也就逐渐被人发现。除了乱拼王献之帖、硬把"集"字解为"习"字、捏造丰坊的言论外，其他差错都可算容易理解的，这对于他做一派的"祖师"还是并无太大影响的。

满池秋水纳秋晴石
槛诗添韵借清整
密双眸贪远眺偏
龚左耳坐蛙鸣
郊原一望 功

绢本小行楷书七十五行，尾款行书较大三行。前有迎首小印二字不可辨，下有"藏晖书屋"朱文印。后有"谭印观成"白文印，"海潮""澹盦"朱文印。其文曰（《花随人圣盦摭忆》曾摘录二段，略有异文，各注于下）：

墨池偶谈：

作书是学问中第七八乘事，幸勿以此留心（《摭忆》引作"关心"）。王逸少品格在茂弘安石之间。为雅好临池，声实俱掩。余素不喜此业，只谓钓弋余能，少贱所贱（《摭忆》引作"少贱所鄙"），投壶骑射，反非所宜。若使心手余闲，不妨旁及。赵松雪（按，原误倒为"雪松"）身为宗藩，希禄索虏，但以书画，邀价艺林。后生少年，进取不高，往往以是脍炙前哲，犹循五鼎以啜残羹，入千门（《摭忆》引作"闾门"）而悬苴屦也。余自还山来（《摭忆》引作"归山以来"），作书不逮往时，而泛应益众，犹君山之笛，安道之琴，时时不拒耳。然自是著述意倦，讲论期疏，风日气调，笔研俱采。属致及之，似有波澜，每遇败素恶楮，逻列当前，泼墨涂鸦，真为朝市（《摭忆》引作"市朝"）之挞。又自古俊流，笔墨所存，皆可垂训。如右军书（《摭忆》引无"书"字）《乐毅论》《周府君碑》；颜鲁公《坐右帖》（《摭忆》引作"坐位帖"）；尚有意义可寻。其余悠悠，岂可传播。去年初得（《摭忆》引作"去年曾得"）一帖，极是佳本。入手便临子敬《洛神》、右军《曹娥》，至十数帖，甚无要紧。何尝见刀剑窗几、圣迹神铭，留至今日！近来子弟，间有雅好，只看（《摭忆》引作"只求"）标题，不辨意（"意"字上下脱一字），间谈法意，不寻文义，虽把笔握管，俛仰可观，自反身心（《摭忆》引"而身心"），有何干涉？某廷试时，亦尝竭力字规（《摭忆》引作"守规"），剜心墨矩。撤榜之后，阁中寻卷，全篇之中，分为数段，或亦嗜痂以文义见私，大约风尘，何关出处。人读书先要问他所学何学（《摭忆》引无"何学"二字），次要定他所志何志，然后渊澜经史，波及百氏。如写字画绢，乃鸿都小生，孟浪所为，岂宜以此涴于长者？必不得已，如今日新诗初成，抑如曩时长篇间就，倩手无人，滥草难读，笔精墨（"笔精墨"句原脱一字，《摭忆》引"墨"下有"良"字），值于几案，如逢山水时重游之（《摭忆》引无"之"字）耳。雅尚之伦，便当寻其意义，别其体况，安能阘然食汁（《摭忆》引作"含计"）腐毫，与梁鹄、皇象之俦比□（比下似是"驱"字，《摭忆》引作"比骊"）齐辙乎！

老大（《摭忆》引作"老大人"）著些子清课，便与孩子一般，学问人著些子伎俩，便与工匠无别。然就此中有可引人（《摭忆》引作"别人"）入道处，亦不妨间说一二，正是遇小物时通大道也（《摭忆》引作"通得大路也"。《摭忆》引至此）。

凡辨书法，以苍颉大篆第一，籀书次之，小篆为下。隶书石经，三经劫灰，今所存者，皆唐人补作，无复古法。

孔庙祀碑，亦篆首所书，不出钟手。楷法初带八分，以章草《急就》中端的者为准。《曹孝女碑》有一二处似《急就》，只此通于古今，余或远于同文耳。真楷只有右军《宣示》《季（按，原误作"李"）直》《墓田》诸（"诸"下原脱一字），俱不可法，但要得其大意，足汰诸纤靡也。

草书以欧阳询初集右军《千文》为第一，怀素最下。大要少年长者都不可作草书，司马君实、程伯子最得大意。

章草晋魏以下无复佳者，张頵、陆云所存不多。时人惟有云间周思兼备臻妙诣，今久不可得。吾乡谢光彝章草亦足名家，晋江黄大司马时亦为之，然多葛龚，不尽公手。

八分以文徵君第一，王百谷学《鹰福》，备得大旨，惜其态多金干八分，却清截道媚，亦不易得。今时唯南太史中干，意度极佳，能加篆损小，自为行幅。

行草近推王觉斯，觉方盛年，看其五十自化。如欲骨力嶙峋，筋肉辅茂，俛仰操纵，俱不由人。抹蔡掩苏，望王逾羊，宜无如倪鸿宝者。但今时力正掉，著气太浑，人从未解其妙耳。

刘殿撰书圆秀，与董宗伯同风，此是秋河家果庭所玩。前辈盛推黄平倩、邢子愿两公，不作真楷，不得备论。刘渔仲诸体备有源澜，近颇泛滥，然在法乘中骨相行藏，只有肥瘦。肥者右军之师李卫，瘦者率更之变右军。除此两途，前无正法，不旁及也。

古者男子四射六御，则弓矢轮辕，轻重曲直，皆须别识，使其微至。今既无射御，以专作书，则笔墨研楮，势难辄论。某生平书不择笔，则楮墨研素，都所不辨。然值人求书，怀诸（"怀诸"疑"怀楮"之误）薄劣，亦大苦人。今别书诸条，以示来者。纸以延汀藤角极清坚者第一，铅山本纸称毛边中有罗纹者第二，会稽藤料公文纸第三，然难得。易得者，杭细领绢第四。余不中书。四川薛笺无色者颇中书，高丽纸粗硬；糊窗较本之用，不可书也。大书以会稽藤料纸方丈成幅者为佳。

笔法极难齐，如唐人虞、薛、欧、褚，所用异笔，大率不出右军之旧。须圆健尖齐，束胶甚坚，握管甚小。比来缙绅不书小楷，长安贵人，四行一札。黄平而下至米友石，皆用白羊毫。王百谷用白羊毫，间以麻苎。董宗伯时亦用之。此皆大书寸咫而上，古人天子书与群公一札十行，如此笔墨，岂足贵乎！

陈雪滩书仿赵松雪，笔亦用白羊毫，殊不称也。近湖州有大小纯毫，皆裁狐兔俱佳，但多难致耳。

时墨仿古多佳，无甚坚者。南中旧藏，时有坚墨。仓于京师，括风凝寒，动成龟坼。要其大体，以玄亮清坚为本。叶林里旧匠叶玄卿第一，程君房精绽纫墨第二。方于鲁旧墨色陈，新墨浓脆，贵人所需，要当见其佳耳。

研材自以端坑子石第一。坑中子石，勿别上下，或以水底久濡，出而反燥。或以上岩函土，出而反润。但是子石，则含孕最固，光细发墨，便足收矣。严材亦多佳者，而子石殊少。近楚随以西，亦多琢朴，徒取星晕，无关玄理。大约此翁耐久，久则难变也，无须探讨耳。

吾生平不料理此事，在翰苑中□（按，当是"十"字）余年，未尝收人一砚。壬戌岁，予初选馆，莆中林湖长贻予一砚。莆为砚薮，林为名士，将行识别，予竟以无故取人所珍，追至章义还之。甲子既散馆，有清客朱振渠来贻一砚，外环青石，撰为海燕葡萄，中涵马汗，周如镜许，欲还之，而其人已去，比归山，竟封付长班，不携也。数月前入郡，值周岩父乃郎过顾，持一研，作两环，肉好相亚，文如玄中，背倒勒"万岁"两字，云是宣和内物，岩父所遗，存识故知，然亦心戒，未敢终领也。凡自身外，悉为长道，如我心中宝藏无量，用其长者不光，非其宝者不良。不过随人携带笔楮研墨，因彼自得，君不惮贱吾为之役耳。阅物渐多，所识非浅，聊复广此，以证来人。

偶尔纵笔疾书，不知其琐。似尊光诸同学发粲。石斋幼玄氏（下押"道周"白文印，"幼玄"朱文印）。

功按，此卷不见《漳浦集》，盖乘兴随笔所记。其中时有误笔之字，想见纵笔疾书之致。"作书是学问中第七八乘事，幸勿以此留心"，乃勉励后诣之言，指明"德成而上，艺成而下"之理耳。详读全卷，知公于此道，兴殊不浅，结习难忘，贤者不免也。所论古碑帖，有时不免隔膜，如谓草书以欧集右军《千文》为第一者，殆为古董客所欺。所记当时书家风尚，颇资异闻。《花随人圣盦摭忆》曾考其年月，为崇祯七年甲戌。今按此卷中未著年月，黄氏所见，或属另外一本，亦或据文中还山云云所推也。至于作书之事，今在老夫手中，饮食之外，重于男女。起居与共，实已无乘可分。盖潜神对弈，必求敌手；乐志垂纶，总需水次。作书则病能画被，狂可书空，旧叶漆盆，富同恒产。且坐书可以养气，立书可以健身。余初好绘画，今只好书，以绘画尚需丹青，作书有手便得。偶逢笔砚精良，不啻分外之获。简则易足，无欲而刚。书之时义大矣哉，何只七八乘事！

北京师范大学校训

学为人师
行为世范

一九九七年夏日启功敬书

曾熙号浓髯，六十余年前以书鸣于时。居上海，与李梅庵齐名。笔法模拟北朝石刻，所谓深具金石气者。

曾得一禊帖拓本，后有宋克跋九段，跋中论定武本。以著录考之，宋跋前后，遗失名人跋语尚多。曾氏一一补录之，复自加跋语。其珍重什袭，可谓至矣。后有沈寐叟跋，谓帖为褚派《兰亭》，乃复宛转弥缝，俾定武与褚派调合，所以不败曾氏之兴耳。

此本于一九一六年有正书局在上海影印流传。谛观前帖，乃二本拼合而成者。"欣"字处，二纸拼合，前十四行为所谓虞临本，后十四行为所谓褚临本也。

乾隆内府得古摹本《兰亭》三种：一为唐摹本，上有元文宗天历大玺，世号"天历兰亭"，董其昌曾刻入《戏鸿堂帖》。卷中董跋以为虞世南等所临，本属凿空之谈。至乾隆时，便去其"等"字，直认为"虞临"。二为所谓褚临本，后有米芾七言古诗一首，首句云"永和九年暮春月"者是也。三为神龙半印本，元人跋中称其当为冯承素诸人所摹，乾隆时遂径题曰"冯承素摹"。

第二三两卷曾刻入《三希堂帖》，未收第一卷，或以墨痕过淡，钩摹不易耳。乾隆时又另刻《兰亭八柱帖》，盖建一八柱之亭，每一石柱上分段摹刻《兰亭帖》一种。前三柱即摹前举三卷，第四柱摹所谓柳公权书之绿绢本《兰亭诗》。五柱以下俱为后世临绿绢本诗，凑足八柱而已。此亭建于圆明园中，八柱拓本较少，逊于《三希堂帖》之家喻户晓。

曾氏所得之本，即以旧拓第一柱之前半拼配第二柱之后半。钤以"真定梁清标印"多方。盖梁氏诸印，数十年前自真定流出，辗转于厂肆，后归徐石雪先生。当日伪造此帖时，上钤梁氏真印，不足怪也。

帖后宋克跋，形模俱在，而行笔呆滞。下笔处每露近代人风习，实亦一模写本也。当时书家，但尊碑刻，鄙薄法帖，而清刻诸帖，自更不复齿及。其为伪造古董之人所欺，固其宜矣。余尝拈一绝题印本之后曰："《定武兰亭》价最高，揭开原是一团糟。浓髯慢说刚如戟，今日根根长不牢。"

蓝玉崧同志不但是一位老革命者，也是一位艺术上的多面手。他在中央音乐学院执教，是著名的二胡演奏家和音乐理论家。

他还擅长书法和篆刻，听说也擅长绘画。我从小就爱好书画，虽然自己写、画都不成熟，但看到古今作品，还能分得出个高下。苏东坡的诗句说："我虽不善书，晓书莫如我。苟能通其意，常谓不学可。"诚然，写字的人能通古代名家创作时的"意"，便可得其貌，以至得其神；欣赏书法的人也要能通写者的"意"，才能看出他的作品中得失甘苦的紧要关键处。

我最先看到玉崧同志用小真书写的几页花笺纸，那时还不认识他，只觉得他是用笔自然地写出来的，而不是什么"万毫齐力"地用傻劲，觉得纸上的字是活的，不是以翻版石刻为标准，追求那种半吞半吐的迟钝笔画。

后来陆续见到他的一些草书作品，回旋飞舞，而又有节有奏。他的书作，催促我不能不深入打听这位写者是个什么人，对他的人，所知逐渐增多，对他的字的理解也就日益加深了。

音乐与书法的道理当然不应两样。我姑以音乐外行来妄论二者的关系：大约草书如演奏"快板"，无论快到什么程度，其中每一个音符并不因快而漏掉。所以"急管繁弦"和"雍容雅奏"实质上是没有差别的。人在短距离中听到丰富的音节，譬如前人论画所谓"咫尺有千里之势"的，必然是一件佳作。那么蓝玉崧同志的草书，所以引人入胜的，恐怕即在这里吧！

最近见到玉崧同志的新作品，又发现了新情况，他已在原有基础上提高了一步。他从前写的，还不免有古人帖上已成的艺术效果，或者说是古人已有的局面。这次看到的，则是另一种现象，仔细推敲起来，处处细节，包括字中的节奏，都是用古人已有的办法写出来的。另从全局来看，则是古人帖上所不曾见过的效果。这种又是又不是，又像又不像的效果，究竟是怎么出来的呢？当然并不足怪，凡曾用功临帖，揣摩古人的笔法、结构，都能得到百分之多少的像；但像中的不像，不像中的像，则是全靠消化，全靠见识。我也曾遇到不少人，用功不算不勤，临写不算不像，清代翁方纲即属这种典型；可是又有谁见到翁方纲消化了古人的碑帖？不难理解，必须要有见识，这见识即是主要的催化剂。有了见识，才能知道向何处消化，怎么消化，要化成什么样子。

更使我钦佩的，是玉崧同志也是一位印人。无疑，那些刀锋、剥痕，金石家认为"古朴"的效果，必然深深地渗入印人的脑中。试看许多篆刻家中年以前的字，也都是笔画清朗的，到了后来，为了追求金石趣味，故意专用逆笔，似乎是在向观者说："宁可你看着不舒服，我也不能省力气。"当然我绝不是否定那些篆刻家的创作精神和艺术效果，而是姑且借这个比喻来说明用笔的顺逆问题。坦率地说，我不会用逆笔，所以也就喜爱顺笔，因此更喜爱玉崧同志的用笔。尤其佩服他，用了若干年的刀，写起字来，还能刀是刀，笔是笔，如果没有真见识，大本领，又有谁能做得到呢？

总之，玉崧同志的书法，是从用功来的，但又能不受成法束缚。以天真的兴会冲破旧有框框，而又并不"荒腔走板"。当然，玉崧同志的书法，还在发展，还蕴涵着无限的潜力，这是我们这一班和他往还的朋友共同的感觉。

一九八三年十二月七日